乌利茨卡娅作品集

Людмила Улицкая

〔俄〕柳德米拉·乌利茨卡娅 著　　赵振宇 译

次要人物

Первые и последние

湖南文艺出版社

图书在版编目（CIP）数据

次要人物 / (俄罗斯) 柳德米拉・乌利茨卡娅著；赵振宇译. -- 长沙：湖南文艺出版社, 2024.5
ISBN 978-7-5726-1122-3

Ⅰ. ①次… Ⅱ. ①柳… ②赵… Ⅲ. ①短篇小说—小说集—俄罗斯—现代 Ⅳ. ①I512.45

中国国家版本馆CIP数据核字(2023)第078566号

著作权合同登记号：图字 18-2023-057

次要人物

CIYAO RENWU

著　　者：〔俄〕柳德米拉・乌利茨卡娅
译　　者：赵振宇
出 版 人：陈新文
责任编辑：夏必玄　陈　辞
装帧设计：yieln
内文排版：玉书美书

出版发行：湖南文艺出版社
（长沙市雨花区东二环一段508号　邮编：410014）
印　　刷：湖南省众鑫印务有限公司
开　　本：880 mm×1230 mm　1/32
印　　张：7.125
字　　数：132千字
版　　次：2024年5月第1版
印　　次：2024年5月第1次印刷
书　　号：ISBN 978-7-5726-1122-3
定　　价：58.00 元

目录

次要人物

放在一摞餐具最上面装馅饼用的小碟子滑了下来，撞上了椅背，然后轻轻落到地毯上，摔成了几乎一模一样的两半。玛舒拉懊恼地叹了口气。叶夫根尼·尼古拉耶维奇站在餐厅门口，不无幸灾乐祸地哼了一声。这套餐具由加德纳工厂[1]生产，仿中式风格，是专门订购的，不过叶夫根尼·尼古拉耶维奇早已不再吝惜自己的财物，而摔碎的小碟子甚至还证明他早前的想法是正确的：他的继承人们没用至极。就连玛舒拉也是个糊涂人。她是他的亡妻艾玛·格里戈里耶夫娜的外孙女，是所有人里最可爱的一个，他眼看着她从一个脸蛋儿胖嘟嘟的小婴儿出落成了一个亭亭玉立的小姑娘。其实，他根本就没有直系继承人——其他都是些第二梯队、第三梯队的，八竿子打不着的亲戚。而且他们全都等待着……

1 俄罗斯著名瓷器生产厂家。

叶夫根尼·尼古拉耶维奇自己支开多腿古董折叠桌，把铜钩子固定住。玛舒拉和保姆叶卡捷琳娜·阿列克谢耶夫娜，以及从彼得堡来的远房亲戚莲卡（她在艾玛去世后经常到访），这些女人是搞不定这张桌子的。在他这辈子所有的女人里，艾玛是唯一一个既有头脑，动手能力又强的。她既能不靠丈夫帮助就支开这张桌子，又能擦洗水晶玻璃器皿，比任何厨娘干得都好……至于接待客人呀，打理各种事务呀，就更没得说了，没人比得上她……

玛舒拉给精心保存的桌板罩上法兰绒，然后铺上一层薄膜，在上面铺上隆重的桌布——一切都照着她去世的姥姥的方式布置。只不过艾玛从来不会摔坏餐具。玛舒拉是心里发急。叶夫根尼·尼古拉耶维奇知道为什么。那串珍珠就是她发急的原因。姥姥的珍珠正挂在莲卡的长脖子上呢……

叶夫根尼·尼古拉耶维奇叹了口气——妻子五年前去世了，把他对生活的规划搅得一团糟。她去世时都没到六十岁，而且气色看上去好极了，活像伊丽莎白·泰勒[1]，体型比后者还要小三分之一。叶夫根尼·尼古拉耶维奇不喜欢大个子的女人。他自己就不是特别魁梧，所以喜欢对方体型与自己相称。他找个高个儿有什么用呢？艾玛·格里戈里耶夫娜是最最漂亮的女人，从不在任何事上欺瞒丈夫，除了一点：死得比他早。她可比他要

1 美国著名女演员。

小上十六岁呢。

他的七十大寿是在“布拉格”餐厅庆祝的。艾玛订了一个五十人的宴会厅。这些事他都没插手，所有事情都可以托付给她。餐桌、摆设都是顶尖的，一点儿疏漏都没有。他右手边坐着她，妻子艾玛，穿着蓝紫色的晚礼服，柔顺的头发染成胡桃色；左手边则坐着女秘书加利娅，穿着红色的晚礼服，一头金发。真是两位女王，没得说。两个人都被他在盖着硬面桌布的桌子下面不时轻轻掐一下，一会儿掐掐屁股，一会儿捏捏大腿，所以两人都心满意足地坐着，高傲自得。当天晚上他跟两人都做了——他早就计划好了，并采取了一些措施。跟加利娅是在餐具室里做的，全靠熟识的服务员阿列克谢·瓦西里耶维奇帮忙，他用钥匙把他们锁在里面十分钟。跟艾玛则是在家里做的，行夫妇之礼……

八十大寿的庆祝安排得很家常，摆了十六个人的宴，请了一些必要的人和亲戚。全是些第三梯队的人，叶夫根尼·尼古拉耶维奇暗自冷笑。他喜欢一年一度把这些侄子侄女和孙辈聚在一起。艾玛的亲戚来了十个。都是些歪瓜裂枣，其中一个甚至是干果，准确地说，是坚果——“花生”热尼娅是艾玛的女友，一个音乐老师，有着分得很开的手指，像苍蝇一样狡猾。艾玛死后，他送给热尼娅一枚戒指，上面镶着有三个棱角和一道裂缝的大颗黄钻，他都不记得家里怎么会有这东西。送给她作为对女友的纪念吧。这份礼物让她起了歪心思：以前她梦想着把自己上了年纪的女儿嫁出去，如今则一心想要攫取艾玛的位置了。她连续五年带着花生口味的小蛋糕来做客，给出赤裸裸的暗示。而叶夫根尼·尼古拉耶维奇为了找乐子，装作眼看就要猜破并向她求婚的样子……这个糊涂的老女人哆哆嗦嗦，卖弄风情，说话时经常意味深长地停顿，而他呢，在送她离开的时候，在过道里把艾玛穿得破破烂烂的外套递给她，又在门前把她那向左歪斜的窄窄的脊背轻轻搂了搂，于是她每次离开时都满怀希望。这次她也在受邀之列。没办法，因为不管叫不叫她，她都会死乞白赖地跟来的。

叶夫根尼·尼古拉耶维奇对生活的兴致总是特别高昂，并没有随着时光的流逝而褪色，只不过口味有所变化。如今吸引他的是小号物件，就连饮食方面也是如此。他以前不顾胆固醇超标的风险，每顿早餐都要吃正常的煎蛋，如今则改为给自己炸两个鹌鹑蛋，并且对从前闻所未闻的食物着了迷——各式各样的小号蔬菜，胡萝卜呀，野豌豆呀，四季豆呀，都是“婴儿”版的，货真价实的“婴儿”版。就连白菜都吃超小号的抱子甘蓝。医生警告他不要吃幼兽的肉，建议吃成年动物的，可他偏偏总是挑牛犊肉、羊羔肉和乳猪肉来吃。这是他自己的理论，至少是他愿意与周围人分享的那部分理论：到了老年，一切年轻的、蓬勃生长的东西都对人有益。《圣经》里用年轻的肉体来温暖自己衰老身躯的长老可不是什么蠢货。

应当从小小的愉悦中获取大大的满足——他这样告诫自己

的侄子们，而且自我感觉好极了。就连战后随即确诊的心脏病也很少让他担心。如今周围人都有心脏病，纷纷做心脏手术，换血管、装起搏器。而他认为自己还有的是年头可活：他的祖父活到了一百岁，父亲身体也棒极了，只不过死于枪击……

与那些总是抱怨时代每况愈下的老年人不同，他极为敏锐地感觉到的恰恰是时代的蒸蒸日上。凭借享乐主义者特有的敏感，他搜罗着在二十世纪末所能享受到的成倍增长的各式娱乐和消遣——那些能带来便利、舒适的事物和奢侈品是以前根本无法想象的。其中也包括最为不同寻常的服务……

比方说吧，他的朋友伊万·穆拉多维奇（护照上的名字是阿卜杜拉赫曼）——也不知是帕西人[1]还是波斯人，长得倒像是印度人，生于中亚地区的某个地方——从事的外科专业涉及男性最私密的身体部位。他在医学圈子里享有盛名，却不为圈外人所知，因为他的病人谁都不会对自己接受治疗这件事大肆宣扬。叶夫根尼·尼古拉耶维奇生性大胆，亲身体验了所有疗法：早在二十年前，伊万·穆拉多维奇就给他安装了某种有用的小装置，是很独特的那种，帮了很大的忙。后来随着时间的推移，又给他做了一个小手术，结果同样令人满意。当然，同时也服用药物。有一种注射针剂，只要把那浑浊的液体打上一立方厘米，就能让人像三十岁的人那样驰骋两个小时。总而言之，所

1　印度的一个少数民族，原为不愿改信伊斯兰教而移居印度的波斯人，信仰琐罗亚斯德教。

有新技术叶夫根尼·尼古拉耶维奇都在自己身上试遍了。最新的一项干预手段非常激进，是刚刚才研制出来的。这种手术可不是闹着玩儿的，要分两次进行，安装的装置很精巧。上周伊万·穆拉多维奇实验室的一个女指导员在他这儿，使用效果好极了。可如今情况不同了——他邀请了彼得堡来的莲卡，打算今天就在没有女指导员的情况下首次将性科学的这项新发明投入使用——就在活体材料上用一把。

莲卡的长相平平无奇，可脖子就像骏马的一样，修长而又曲线玲珑，她也正是因此才获赠了珍珠项链。而且她整个身材都很曼妙，宛如一把七弦吉他：臀部像茶炊那样凸出来，一把杨柳细腰，胸部则十分紧实，像两个小布袋一样朝不同方向支棱着……叶夫根尼·尼古拉耶维奇年轻的时候是个美男子——跟演员卡多奇尼科夫[1]长得一模一样。现如今是没人记得了，可从前姑娘们可是在街上追着他跑的，还找他要签名。他就用大写的实体字母在随便什么东西上签上“卡多奇尼科夫”。甚至还因此有过一些艳遇……

受邀客人里，与他没有血缘关系的还有瓦列拉，也就是瓦列里·米哈伊洛维奇，是他的一位年轻朋友。不过他的朋友们的“年轻”是相对而言的，瓦列里·米哈伊洛维奇其实已经四十开外了。他既是朋友，也是门生，还是终生都对叶夫根尼·尼古

1 苏联电影演员，苏联人民艺术家。

拉耶维奇欠下恩情债的债务人。在叶夫根尼·尼古拉耶维奇漫长的一生中，有许许多多欠他恩情的人、对他不怀好意的人、仇家和嫉妒他的人。他的职业本就容易造成这种情况——他是位检察长。从年轻时起他就给大人物当随从，不过是最微不足道的那种跟班。1941年年底，他从法学院毕业后，就被派往相关机构了。他在部里工作，但没过多久就被调往锄奸局[1]，依旧是在并不重要的岗位上工作，更像个书记员。等到他以最低级的小职员身份参与纽伦堡审判，他的职业生涯才首次获得重大突破。当时他的前途一片大好，简直到了让人不可理喻、目瞪口呆的地步。换了别人可能就会栽在这上面了。可他叶夫根尼·尼古拉耶维奇却不一样。他极为认真地思索一番后就止步停手了。与其说这是源于他的个人经验，倒不如说他的每个脑细胞和血细胞都仿佛在高喊："停下！"于是他退了一步，放一个机灵鬼走到自己前面去，给出的借口是自己好像查出了心脏病——这病犯得正是时候。于是他就成了次要人物。这一步走得多么明智啊！所有主要人物无一例外都陷入了巨大的麻烦，有人是罪有应得，大部分人则是无妄之灾，而他呢，扮演的只是次要角色，所以躲过了风头，这事儿就算过去了。

"都是天意，天意啊。"他在对朋友瓦列里讲述自己年轻时引人入胜的种种事件时常说，"不止一两次，数不清多少次了，

1　二战时期苏联的特工组织，其任务是反谍、敌后侦察、挖出军事和民事人员中的奸细。

我从半夜惊醒，感到危险来袭：要么是要住院，要么是要采取避险措施，甚至是要复员。还有过这样的事……”

瓦列里对法学一窍不通，倒是在古董方面嗅觉异常敏锐。叶夫根尼·尼古拉耶维奇帮他这个年轻的傻瓜朋友从一桩麻烦的案子里脱了身。瓦列里则在一些精致而又有趣味的事情上给这位年长的同志提供了不少建议，后者对生活的兴致主要也就在此。叶夫根尼·尼古拉耶维奇的收藏事业是在遥远的战争年代偶然开始的，在战后则逐渐变成了一项真正的职业，受人尊敬的检察官工作则成了掩护，但并非全然是装点门面：越到后来，这位检察官就越将无法自由兑换的苏联货币用于购买可供自由兑换的贵重物品。

叶夫根尼·尼古拉耶维奇坐在主位。在其他十五份餐具后面，坐在巴甫洛夫斯基式半扶手椅和折叠沙发上的，是他那些愚蠢糊涂的遗产觊觎者，他们那不开窍的屁股根本感受不到家具的优雅与无瑕。他的财产分为看得见的和看不见的，看得见的藏在墙壁里的两个秘密保险箱里，这是动产，他们甚至在举办葬礼之前就会开始瓜分；不动产则是这套房子和一栋不怎么样的别墅，但那别墅占地有将军的份额那么大，位于距离莫斯科二十公里的一处河边……这帮继承人什么都不懂……他憎恨他们这帮人！但不是每一个人他都恨——玛舒拉他甚至还挺喜欢的，还有侄孙萨沙·科兹洛夫（外号叫小灰山羊[1]）他也挺疼

1 俄语里“灰山羊”这个词与“科兹洛夫”这个姓氏很相似。

爱，一辈子都在帮助这位侄孙，让他受教育。不过这位侄孙是个平庸之辈，毫无头脑。一个兽医！还老是给流浪狗喂吃的！一辈子都在挨家挨户地从邻居和熟人那里收集骨头！他每周都来找叶夫根尼·尼古拉耶维奇一次，来取吃剩的肉菜，由保姆叶卡捷琳娜·阿列克谢耶夫娜给他装到袋子里。这不，现在他正坐在餐桌旁，大概正在盘算能给自己的狗带走多少剩菜……叶夫根尼·尼古拉耶维奇去世的姐妹有两个上了年纪的女儿，一个穿粉红色，另一个穿浅蓝色，两人都蠢笨如牛。一个在日用品商店干了一辈子，经常偷个仨瓜俩枣的；另一个呢，说来好笑，在幼儿园当了三十年的保育员……还连生了四个小丫头，一个比一个丑，可长得又很相像，都分不出来谁是谁……这些继承人哟！

可他没有自己的孩子……要是生活能让他早点结识伊万·穆拉多维奇，趁还年轻的时候接受一项轻而易举的手术，他还是能让娘们儿生娃的……

而在其他人的孩子里他只喜欢一个——艾玛的女儿柳西卡。可这家伙是个有性格的人，离开这里去以色列了，而且走得很不光彩，是弃家出走。当时她那么任性地一走了之，还导致叶夫根尼·尼古拉耶维奇不得不换工作。不过事情倒是往好的方向发展了……而那些英国造的摆轮式小钟表（大师格雷厄姆制作的），柳西卡终究还是拿了，带走了，在特拉维夫买了套房子，至于那些表还剩下多少——这个他就不知道了。从最近的拍卖行情来看，那些格雷厄姆小钟表的价格得有三十万起步……那时节叶夫根尼·尼古拉耶维奇才恍然，小号的物品拥有巨大的优点——从便于往外运的角度来讲确实如此。要是好好对他的收藏加以处置，能搞到不止一百万……而当艾玛召唤柳西卡的时候，她并没有回来照顾母亲。葬礼倒是来参加了——是来拿遗产的！还什么继承人！这就是那个什么也不会得到的人，这个柳西卡……后来她有多少次尝试为自己洗白和转圜啊，不仅自己来，还通过玛舒拉。可不行就是不行。玛舒拉这小姑娘倒是照顾过她姥姥，值得得到更多东西……不过回想起来真是让人厌恶，她也一个样——才两个星期就把艾玛最好的戒指在地铁里弄丢了，连同手套一起……

关于遗嘱的念头一直在啃噬着他，让他很受折磨。他左思右想，反复盘算。有段时间他曾多次立遗嘱——一会儿把遗产留给玛舒拉，一会儿又生了她的气，改为把遗产留给瓦列拉，一会儿把遗产分给所有人，一会儿又把所有东西遗赠给单独的某个人。

他还定下规矩——一旦哪里不合心意，就全捐给国家。这一版本的遗嘱他也仔细研究过：比方说，一幅不错的波列诺夫[1]画作或是一幅他心爱的库斯托季耶夫[2]画作挂在墙上，下面写着："叶·尼·基里科夫赠予俄罗斯博物馆"。不行，不怎么让人欣慰……

1 波列诺夫（1844—1927），俄国巡回展览画派画家。
2 库斯托季耶夫（1878—1927），苏联画家。

结果就是，由于这个问题悬而未决，他不可能死掉，因而头等大事就是保持健康，直到解决办法出现。而且也犯不上着急，更没什么可抱怨的。要是机体出现了什么毛病，他就会像一位优秀的当家人一样，马上加以清除。在泌尿学方面（包括与之相关的一切），伊万·穆拉多维奇都能提供最好的服务。前年给他腿上的一小块骨头动了手术，在那之前给他镶了烤瓷牙，用的是最好的材料——甚至好过头了，要是能稍微黄一点，会显得更自然。按摩师萨沙一周来三次，已经来了二十年了，大约已经用他给的钱买下两辆车了……他不心疼，一点儿都不心疼。这是艾玛的一套学说——是她教会他不要不舍得在自己身上花钱，该花就花。在认识她以前，他只了解一样东西，就是表，那些大小钟表：手表啊，壁炉钟啊，马车钟啊，座钟啊……是艾玛打开了他的眼界，教会了他一切……要有眼光！要有品位！要有嗅觉！家里的一切——餐具、银器、家具、画作——都是最上等的货色。而有头脑的继承人却一个都没有，尽管人坐满了一桌子！还全都巴望着。就连保姆叶卡捷琳娜·阿列克谢耶夫娜也指望着遗嘱里能有一句提到自己……不过她好歹还算明白点事理：凉菜总是做得特别好，做酵母馅饼也很拿手，可热菜就怎么都不行，总是弄得干巴巴的……不过，这些人里反正也没有美食家，都是些不讲究的人，就算乳猪烤得有点干，也很少有人会注意到……瞧瞧，他们正大吃大喝呢。只有伊万·穆拉多维奇这个东方人懂行，明白盘子里盛的到底是什么。他吃饭时有一种贵族般的疏离感，一副赞许而又淡漠的样子。他的手跟银质鱼叉的象牙柄一个色调……而且，他不用刀叉，只用手抓着吃时也是这样的仪态，让人不由得联想到乐器表演或是他二十年来从事的那些私密的手术……伊万·穆拉多维奇的脸上毫无表情，至少没表现出对食物的任何态度，狂喜的表情、评判的表情、贪婪的表情一概没有。说实在的，对一个穆斯林来说，这场宴会上的食物要么是毫无疑问绝对不能吃的（比如肉冻和乳猪），要么是颇为可疑的，比如肉馅饼和不知道用什么做成的沙拉。所以伊万·穆拉多维奇吃饭时精挑细选，十分节制，只吃白色的鱼肉、新鲜黄瓜、茄子、绿色蔬菜……他脑子里想的根本不是食物，而是自己的大儿子阿卜杜拉。阿卜杜拉在伦敦读商业学校，快要毕业了。伊万·穆拉多维奇准备这周六坐飞机去看儿子，可周五要给一位富翁衰退的性器官做手术，也许走不成……他鄙视所有不到五十岁就丧失男性力量的病人。他祖父最后一次结婚是在七十八岁，年轻的妻子还给他生下了三个孩子，其中最小的那个就是他父亲。而且这些干巴巴的白胡子亚洲老头儿从来没想过使用什么医学辅助手段，总是宝刀不老……伊万·穆拉多维奇思考着穆斯林世界的优势所在，以及早已在欧洲人身上衰退了的那股强劲活力……不过俄罗斯女人倒是很有魅力，魅力非凡……他用鱼刀慢慢地吃着，不时瞄一眼长着小猫般温柔善良的脸庞的玛舒拉，又不时瞅一眼那个穿粉红色衣服的女人，她已经容颜衰老了，脸长长的，但不知怎么还挺迷人……

玛舒拉是艾玛一手带大的，所以也懂得该怎么吃饭，可她的丈夫安东就是个蠢材了，狼吞虎咽得像个水手。如果玛舒拉跟他离婚，我就把她的户口迁到这里来，不然就不迁。按如今的法律，她丈夫有权分享她的财产，如果财产是在他们婚姻存续期间得到的话。也许我会把彼得堡的莲卡迁过来。我到时候就说，你要是离婚的话，我就把你当成亲戚迁过来。不行，这会是一步臭棋。她会高高兴兴地离婚的，还会把小女儿也一起弄来。真没意思……其实，遗嘱早就已经写好了，只不过如今已不再让他感到满意。他干吗要为如何给这些傻瓜分配财物而绞尽脑汁呢？瞧瞧，玛舒拉半个小时里就打碎了一个碟子和两个高脚杯，其中一个还特别精美，是用旧式的俄罗斯玻璃做的……所以干吗要把餐具留给她呢？

客人们吃吃喝喝，赞美主人——赞美他的智慧和天分，恭维他会享受生活，祝愿他长寿，而主人则咒骂自己竟然举办了这么一场无聊的寿宴，而不是拿一张去卡罗维发利[1]的疗养证，在那里度过八十大寿，由某个年轻小妞作陪，或者把彼得堡的莲卡带上也行，又或者带另一个，旅行社的女代理伊琳娜·伊万诺夫娜，她跟他暗示过想跟他一起去……人选多的是……

凌晨一点，客人散了。叶卡捷琳娜·阿列克谢耶夫娜上完热

1　捷克的温泉城市。

菜后就被准许离开了，由玛舒拉把茶具送到厨房。叶夫根尼·尼古拉耶维奇在书房里，等着听到玻璃器皿摔碎的声音，不过看起来她今天的指标已经完成了。莲卡系上一条长毛巾，正在清洗餐具。叶夫根尼·尼古拉耶维奇感到有些不耐烦，迫不及待想试用一下新装置。同时他也为自己的不耐烦而感到欣喜——这证明他的感情生活还没有彻底结束。

玛舒拉在门口亲了亲他，然后终于离开了。他朝她使了个眼色。通常她会用小拳头撞撞他的肚子，这是他们俩之间的小游戏，从她儿时起就有了。不过这回玛舒拉没有回应。这个傻瓜是生气了，因为我把珍珠项链送给了莲卡。又或者她是在琢磨什么别的事？

“可她终究还是个不错的小姑娘。”叶夫根尼·尼古拉耶维奇心想，亲了亲她剪成男式小平头的后脑勺，“过年的时候我要把镶着祖母绿的甲虫胸针送给她。”然后他马上改了主意：“还是给钱更好，给她三百美元吧。干什么要给她法贝热[1]甲虫胸针？会弄丢的……”

莲卡也是个不错的小姑娘，不过是另一种类型的。叶夫根尼·尼古拉耶维奇的脾气秉性她早就了解了，所以表现得十分谦卑，总是装作自己来访只是为了在客人离开后帮表舅清洗餐具的样子。她三十四岁了，两人的外遇始于十二年前，在艾

1 俄罗斯著名珠宝品牌。

玛·格里戈里耶夫娜还在世的时候……有一次莲卡来莫斯科观光，以远房亲戚的身份住在他们家，然后就偶然发生了意料之外的邂逅。艾玛·格里戈里耶夫娜当时去新阿尔巴特街做美容了。而表舅则跑到了莲卡住的客房，她甚至都没马上意识到他想干什么。这场意外如同闪电一般，这位年迈的亲戚占有她时又表现出异乎寻常的灵活，当她因此想要号啕大哭时，对方像上司一样威严地对她说：

“停。快说你想要什么？想要皮大衣吗？想要什么就说……”

于是她同意拿皮大衣……表舅很慷慨，在她结婚时送了一千卢布，女儿出生时又送了钱来。莲卡每次来莫斯科，他给她买的礼物都会让她目瞪口呆。她有两枚戒指，跟所有闺密都说是继承得来的，跟丈夫谢廖沙则说是祖母留下的遗产。不过，当丈夫差点进监狱的时候，她不得不把戒指变卖，用换来的钱把他赎出来。这一次，莲卡身负特殊使命：她打算找叶夫根尼·尼古拉耶维奇要一笔买房的钱。她家的房子虽然是两居室，可只有二十四平方米，都转不开身。她想说成是借钱，但打算借了不还。刚好邻居正在出售一套三居室，她打算要一万美元作为购房的补付款。这种事得鼓起勇气才说得出口。可谢廖沙一个劲儿地撺掇：求求表舅吧，他不会拒绝你的……谢廖沙很年轻，比妻子小四岁，从来没对这位八十岁的表舅起过疑心，也从来没见识过他在性方面有多么灵巧。

莲卡还没来得及擦手，叶夫根尼·尼古拉耶维奇就搂住了她那茶炊一样翘的臀部……他们这对老情人不常见面，顶多一年两次，而且总是玩同一套把戏，仿佛他是跟莲卡偶然间邂逅，就像是——哎呀！破天荒头一回！她呢，青春年少，惊魂未定，左躲右闪，欲迎还拒地保护着自己的童贞。她早就知道表舅使用的那些机械小花招，并且对此保持敬意——用了这东西事情就简单了，什么傻瓜都可以。如果说实话的话，她挺喜欢叶夫根尼·尼古拉耶维奇的，喜欢他昂贵的古龙水味，喜欢他房子的整洁、美观和豪华，还喜欢他送的礼物。他每次都会营造出两人仿佛只是春风一度的气氛，这也让她心动。跟丈夫谢廖沙在一起时就要无趣得多了。这次叶夫根尼·尼古拉耶维奇异常骁勇，莲卡猜测他是让人给他下面安装了某种玩意儿，看样子能让他片刻不停。

叶夫根尼·尼古拉耶维奇对新装置的评价不像莲卡那么明确而肯定——过程本身好极了，可收尾阶段有些潦草——就像电熨斗被断了电就冷却下来一样。多年来他一直与专业人士打交道，依照他的秉性，他从不在这件平凡而又让人愉悦的事上追求什么神秘感，关心的只是各项质量指标，不过他还是打算明天跟伊万·穆拉多维奇报告一下自己的感受和观察。总的来说，高潮不够强烈……

莲卡坐白天的火车走，他用礼物稍稍拖延了她一下。他给她准备了一个小信封，但没送出去……他们一起吃了早饭，玩了一局象棋——这是她的一个奇妙的优点，会玩象棋的女人总是特别有魅力。她略微有些忐忑，已经到了必须开口要钱的时候，可她还是无法战胜自己。叶夫根尼·尼古拉耶维奇赢下不怎么精彩的一局后，把棋子收到衬着白色皮革的小格子里，命莲卡去办公室给他取一个小木头匣子来，就在书桌上。莲卡取来了。他命她打开，匣子里是一个信封。他又命她把信封拆开——因为他想再多得到一些乐趣，看她如何涨红了脸，激动得差点流泪，害羞又扭捏地用手捂住脸颊，一边惊叹一边亲吻他那剃得干干净净、胡子稀疏的下巴。她全套动作都做了，正如他所期待的那样。这是一场绝妙的双人表演，演得精彩绝伦，总是给两位参与者带来恒久的享受，毫无意外。

可这次叶夫根尼·尼古拉耶维奇却碰上了意外：莲卡数了数钱（信封里是不多不少一千美元），放回信封里，沉默片刻，垂下了头。她有一头浓密的秀发，按叶夫根尼·尼古拉耶维奇的喜好梳着老式的发髻。她盯着桌子，一本正经地柔声请求叶夫根尼·尼古拉耶维奇再借给她一万美元用于扩充住房面积……

叶夫根尼·尼古拉耶维奇毫不犹豫，用干干净净的手指敲了敲象棋棋盒，一本正经地说：

“这个问题我们现在先不谈。暂时搁置……”

莲卡很想问要搁置到何时，但她十分明白这个问题不合时宜，所以默不作声。

临行前他们喝了茶。莲卡吃了一个昨天剩下的小蛋糕，叶夫根尼·尼古拉耶维奇没吃。然后司机科斯佳在约定的时候来了，把莲卡送去了列宁格勒车站。

叶夫根尼·尼古拉耶维奇给伊万·穆拉多维奇打了电话，报告了昨晚的事。对方跟他约了周二到实验室做一些测试。然后科斯佳回来了，送他去见一位名叫伊利亚·伊兹赖列维奇的收藏家——对方跟叶夫根尼·尼古拉耶维奇一样，并不执着于单一的收藏理念，而是在各个领域都有涉猎：他那里既有版画，又有书籍，还有地图。旧式仪器是一项单独的收藏主题：有各式各样的星盘、单筒望远镜和天文望远镜。八音盒他也不嫌弃。如今他到手一个特别棒的八音盒，根据描述来看是十八世纪制作的，带有一块小钟表，表上的标记似乎是德国钟表匠彼得·基青格的。所以伊利亚·伊兹赖列维奇请朋友来掌掌眼，看看这个标记到底是不是基青格的。而叶夫根尼·尼古拉耶维奇对此也饶有兴致——钟表是他昔日的爱好，最初的眷恋。所以他把那些关于遗嘱的让人不快的念头留到次日，决意今晚好好享受一下收藏方面的专业交流，或许还能达成某种交易。伊利亚·伊兹赖列维奇喝酒的本事和异乎寻常的狂热在整个莫斯科都有名：要是他看中了什么东西，就会拼命抬价，压倒所有竞争对手，有时候都到了荒唐的地步。而叶夫根尼·尼古拉耶维奇有一本俄国纸质书，是罕见的珍本，正巧是伊利亚·伊兹赖列维奇特别珍视的那种。

叶夫根尼·尼古拉耶维奇在朋友家一直待到很晚。他先是送上一份友好的礼物——一本利西茨基[1]的小书，是十月革命前的初版，只印了两百册。伊利亚·伊兹赖列维奇甚至有点不安起来——这份礼物跟这次见面微不足道的由头相比太贵重了……他们一起喝了酒。伊利亚·伊兹赖列维奇展示了自己的稀罕物件。叶夫根尼·尼古拉耶维奇把那个八音盒端详了许久。这玩意儿不是很招他喜欢，太笨重了，有点糙。机械装置倒确实无可挑剔，包括钟表部分，尤其是音乐部分。他确认了这东西的出处。这位伊利亚·伊兹赖列维奇是工匠出身，曾是个顶呱呱的机械师，是他亲手调好了整个机械装置，让八音盒运转起来的。也许叶夫根尼·尼古拉耶维奇最欣赏的就是这一点——他自己有眼光，也懂行，可双手除了自来水笔从没接触过其他任何东西。伊利亚·伊兹赖列维奇的家里闹哄哄的，不时会有某个头发乱糟糟的小姑娘冲进房间里，那是他众多女儿和侄女中的一个，有时来的则是个小娃娃。他给他们各种东西——有的给钱，有的给记事本里的电话号码，给六岁小娃娃的则是从抽屉里拿出来的一根大大的苏联红蓝铅笔……叶夫根尼·尼古拉耶维奇环顾架子、柜子和放在每把椅子上的成堆的书，以及放置在多张桌子上的各种仪器和工具，思索着伊利亚·伊兹赖列维奇的收藏将会面临怎样的命运……这些披头散发的野丫头会互相厮打，未来派的作品和二十年代的收藏都会落到别人手里流离失

1 埃尔·利西茨基（1890—1941），苏联建筑师，美术设计家，画家。

所。要是能把一切都交到可信赖的人手里，交到唯一一个人手里，该有多好啊。

那天夜里叶夫根尼·尼古拉耶维奇睡得很不好，还做了一个很糟糕的梦——梦里他不知为了什么票的事跟去世的妻子吵架。只不过他想不起来，到底是他想走而她反对，还是相反，她要求马上就走，而他哪儿也不想去。接着跑来一群各种花色的狗，多得不得了，然后一切就全消失了，包括艾玛在内。他醒了过来，然后又睡着了，起得比平时晚，在床上躺了很久，无精打采地思量着过去两天里发生的各种事。他决定不给莲卡买房的钱，也不把玛舒拉的户口迁过来。他要把自己所有的继承人挨个儿叫过来谈话，看看他们最关心在意的是什么。

最让叶夫根尼·尼古拉耶维奇挂怀的就是他的收藏，因为他的现金不多。他从不在家里存放超过三千块钱，真正值钱的是他的收藏，而且其中最贵重的部分早在1960年就被装到保险箱里，砌到卧室墙壁里了，活儿做得很漂亮，不管怎么敲都找不到。从那时起对墙壁进行了三次装修，不留一丝痕迹……只有叶夫根尼·尼古拉耶维奇自己指给谁看，谁才能找到并打开保险箱。钥匙他早就已经交给了瓦列里·米哈伊洛维奇，但没告诉他保险箱在哪儿。他谁也没告诉。可应该告诉的……

不过这是最后要做的事。叶夫根尼·尼古拉耶维奇决定首先跟每个继承人单独谈话，摸摸底，看看他们最在意的是什么，然后确定谁是最值得继承遗产的那个。亲戚列表里列入了十二个人。

出乎叶夫根尼·尼古拉耶维奇的意料，这场拖拖拉拉地搞了三个月的活动给他带来了巨大的愉悦，从第一次会面就开始了。当时他邀请两个外甥女—— 一个穿粉红色，一个穿浅蓝色——来家里，她俩不是一起来的，而是分头来的。如他所料，她们俩刚一开始讨论谁先来谁后来，就马上吵了起来。不知什么缘故，两人都想让对方先来……看样子，这是她们俩这辈子头一回吵架。可她们的期待实在太高了：显然这次会面是要谈大笔遗产的事——两姐妹里的一个有好几个孩子，认为公平起见，舅舅的遗产不能分成给她们俩的两份，而应该分成六份，把自己的女儿们也考虑进去。没有孩子的那个则坚信分成两份才算公平，因为她不应该因为没有子女而吃亏——况且她一辈子都在帮助自己的外甥女们，又送礼物又给钱的。

叶夫根尼·尼古拉耶维奇留出时间让她们稍微吵了吵，然后邀请了没有孩子的那个，穿粉红色衣服的。她来了，带着满腹委屈，生自己姐妹的气，也生单位领导的气，还对生活中的各种不公平满腔怨念。叶夫根尼·尼古拉耶维奇认真地听她讲话，他做这种事是行家里手，问题问得也简短而又准确。她觉得他对自己非常同情。不管怎么说吧，她走的时候心满意足，走到门口的时候还很成功地插进一句话，说她特别担心自己的几个外甥女，因为只有一个小姑娘是明白事理的，也爱学习，其他三个则乖张任性、头脑不清，别指望她们能有多大用处，连杯水都不会递的，不像她们的姨妈，也就是她自己，如果有什么需要，不管什么时候都一叫就来，既能帮上忙，又能给予亲人的照料……

穿浅蓝色的那个过了一周才来。她很沉默，对舅舅的问题回答得很简短，也不怨天尤人。她说，一切都很好，女儿们很好，上学的那个学得好，工作的几个也干得好。可说到后来，她放声大哭起来，因为她那颗敏感的心已经明白了，她亲爱的姐妹坑了她，她从舅舅这里什么也得不到了，遗产全是姐妹的。于是叶夫根尼·尼古拉耶维奇安慰她，摸了摸她的头，用手帕把她委屈的泪水擦掉，让她不要哭了，就像她自己哄幼儿园的那些孩子一样。他甚至还问她有没有什么特别的需要。而她则哭得更伤心了，掏心掏肺地告诉他，没有丈夫、独自抚养孩子有多难，在三十岁上被抛弃、一个人带着四个孩子有多苦，真感谢他，亲爱的舅舅，在她女儿们上学的那些年里，他就像替她消失了的丈夫付抚养费一样……于是他送了她一百美元，让她离开，别哭了，还答应给她那个会计培训班毕业的大女儿安排一份好工作，当然如果那孩子不是一个彻头彻尾的傻瓜的话——不像你，瓦莲京娜，一辈子都是……于是瓦莲京娜走了，穿着浅蓝色的衣服，满怀希望的样子。女儿们的那份遗产看来是抢到手了……

叶夫根尼·尼古拉耶维奇让堂弟斯拉瓦来谈谈家里的事，别带妻子。可他妻子不让他一个人来。叶夫根尼·尼古拉耶维奇大为光火，但没表现出来。他请夫妻俩喝了茶，聊了聊天气。斯拉瓦的妻子用尽种种方法，一直试图让他说出邀请他们前来的原因，想让他讲讲生活里的困难啊，孤单的晚年啊，谁在帮他啊，服侍得好不好啊……可叶夫根尼·尼古拉耶维奇还是一个劲儿地聊天气。斯拉瓦倒是特别了解他，一辈子都有点怕他，所以只是一言不发地坐着，甚至对事态这样发展感到有些高兴：他都跟赖卡说了，让她在家待着，可她非要死乞白赖地跟来。现在就让她知道知道，应该怎么为人处世。她都五十岁的人了，还一点儿脑子都没有，只有愚蠢的贪心。不过，当她在叶夫根尼·尼古拉耶维奇家的楼梯上控制不住地大哭起来时，他终究还是可怜她的……她是多么想要把叶夫根尼·尼古拉耶维奇的别墅搞到手啊。他本来也没有什么正经亲戚。那个玛舒拉是他什么人？什么人也不是！不过是亡妻的外孙女，还是跟前夫生的女儿的孩子！可斯拉瓦的父亲弗拉基米尔，跟叶夫根尼·尼古拉耶维奇的父亲是亲兄弟呀……也许斯拉瓦是对的，她留在家里会更好。所以她才哭了，觉得自己把事情搞砸了。斯拉瓦则幸灾乐祸，虽然虚情假意地安慰她，自己倒是挺高兴的——他既不需要别墅，也不需要车，什么都不需要，他只喜欢躺在沙发上看电视，当个游手好闲的懒汉，真的……于是她理所当然地对他发起了攻击，大讲他是多么卑微和没用。而他呢，本来一直是个随和的人，这下却突然像是发了狂一样扇了她一耳光，这辈子还是头一遭。她号哭起来，一直哭到家门口……

艾玛·格里戈里耶夫娜的兄弟自然是个不相干的人，不过她五年前去世的时候，他似乎在德国打听过自己是不是有利可图。艾玛还在生病期间就不顾病体虚弱，忍着最后几个月里让她难以忍受的剧痛，把家族合影分成了两摞，放到两本相册里——一本留给柳西卡和玛舒拉，另一本则留给兄弟。他也确实收到了这本相册。叶夫根尼·尼古拉耶维奇光是看着这位当作家的谢苗就觉得不爽。他的脸长得太像艾玛了——眉毛、眼睛，甚至连嘴角朝上的微笑都很像……他还活着，可艾玛却不在了。当时叶夫根尼·尼古拉耶维奇有点失常了，怎么也无法接受艾玛的死——他可是从很多女人里把她千挑万选出来的，他这辈子只跟这么一个女人在相遇后一起生活，同甘共苦，一起变老，一起生病……而且她是多么聪明啊——给他自由，从来不为鸡毛蒜皮的琐事吃醋。如今，这个谢苗·格里戈里耶维奇来莫斯科出版他那些没用的书，已经在这儿盘桓了三个月了，图的是什么呢？他可是领着德国的养老金呢。叶夫根尼·尼古拉耶维奇的八十大寿他也非要来，还常打电话过来，极力想要保持来往。或许他也想要点什么东西？叶夫根尼·尼古拉耶维奇把他叫来纯粹是想探探底……他们的谈话有意思极了。原来，这位作家吃着免费的德国面包，开始研究起犹太人被法西斯侵占的财产了，顺带着也就浮现出各种有趣的历史，而且不是法西斯方面的，而是苏联方面的。叶夫根尼·尼古拉耶维奇在谈话进行到第十分钟时就猜出，这位老兄对他有着目的崇高的兴趣——想跟他打听纽伦堡审判来着……

叶夫根尼·尼古拉耶维奇摆了摆手：

"我哪里算参加了纽伦堡审判呀，不过是个跑腿儿的小伙子罢了……给维辛斯基[1]递了杯茶……"

对方来劲儿了！可算找到一个知情者了。"我自己也是文化人，要是我愿意，我能写得天花乱坠，让你们全都赞不绝口。只不过我不会这么做。而你，谢苗·格里戈里耶维奇老兄，我送你张照片：认出来了没？没错！前面是赫尔曼·戈林[2]，而他身后是谁？认不出来吗？是我，我本人！没错！"

他们还是聊得挺愉快的——犹太人问题让他挺激动，遗产问题则不会。的确存在这样有着崇高理想的犹太人。相比之下艾玛还是更实际一些！而柳西卡是不会得到很多东西的，她不配。

然后是从基辅来的表妹。他给她打了电话，她马上就赶来了，尽管之前都没祝贺他的生日。算了吧。她是带着女儿来的。原来她们过得很阔绰！女婿是个生意人，卖电脑的。在乌克兰那边生活有个麻烦——那里不喜欢俄罗斯人。不过女儿嫁的是个霍霍尔[3]，他给各种政府机构供应电脑，倒买倒卖，一会儿去英国，一会儿又不知去哪儿。起初她们俩照例自吹自擂，这是头一天。不过，看样子她们当天夜里商量过了，评估了一番叶夫根尼·尼古拉耶维奇的孤单处境（他向她们简单描述过），以及他那显而易见的丰厚家财——他家的门锁让人印象深刻。表妹

1　维辛斯基（1883—1954），苏联法学家和外交家，苏联科学院院士。

2　赫尔曼·戈林（1893—1946），法西斯德国主要战犯之一。

3　意为"一撮毛"，旧时对乌克兰人的蔑称，今为谑称。

怕贼，所以她在基辅家里的门锁都装的是最好的，而表哥家的门锁比她家的精巧复杂多了。总之，转天的谈话就是另外一个样了——俩女的再也不吹嘘炫耀了。相反，她们同情起叶夫根尼·尼古拉耶维奇来。表妹邀请他去自己家的别墅消夏——她女婿两年前在雅尔塔买了房子，是座真正的度假别墅呢！你在那儿住上一夏天都行。旁边就是海，全年都有仆人服侍。那是一对夫妇，是十月革命以后滞留在雅尔塔的圣彼得堡贵族之后，已经是第三代了，多有意思。那个妻子有时会把早餐用的餐巾叠成小房子，有时则叠成小鸟状，是她祖母教的。总之，热尼亚[1]，你一拿定主意就来吧，随时欢迎。她女儿又插话说，而且我老公很有门路，要是有什么需要，都没有问题的。而且我们在基辅有最好的医生，食物也是纯天然的……随时欢迎……

司机科斯佳把她们俩送到机场去了。从此表妹每周都打电话来问候他的身体。看来她很喜欢他的家具，还称赞来着。

绰号小灰山羊的侄孙萨沙来得比所有人都晚——他曾三次谢绝，每次都打电话来道歉，最后终于还是来了。他四十岁上下，身体瘦弱，鼻子翘翘的，头发稀稀拉拉，眼睛下面有眼袋，眼里则充满激情。那种激情很少见，像狗一样。

叶夫根尼·尼古拉耶维奇富于洞察力，猜测他是个酒鬼。结果猜错了。不管怎么说，就算他是个酒鬼，也早就已经戒了。

1　叶夫根尼的昵称。

如今他不喝伏特加，也不喝白兰地，只喝茶。他喝了六杯加了糖的浓茶，但只勉勉强强吃了一个三明治，而且吃得毫无兴致。他讲起话来倒是滔滔不绝，谈的是狗。他讲述那些无家可归、被人抛弃和最终野化了的狗所遭受的极度非人折磨，讲述心地残忍的人给狗造成的伤害，最可怕的是这些人里还包括儿童。他讲述上帝创造的世界是如何悲惨地默默无言，人和动物之间的隔阂如同深渊一般。

叶夫根尼·尼古拉耶维奇不止一次试图把话题转向他的个人生活，转向某个与狗无关的主题，可根本做不到。

他谈论自己那些大狗、小杂种狗、看门狗、纯种狗、杰克罗素梗、牧羊犬……谈论狂犬病和维生素，狗的发情和交配，狗类的历史，最古老的猎犬和古代的观赏犬。但让他最为苦恼，同时也成为他一生的意义、目标和使命的，是为无家可归的狗建立一个收容所。为此他早已把莫斯科所有机构的门槛踏破了。他还跟叶夫根尼·尼古拉耶维奇不厌其详地讲述了自己这辈子给各种机关写的各类信件。叶夫根尼·尼古拉耶维奇早就已经看透了，这是个无害的疯子。他听这位疯子讲了将近两个小时。“小灰山羊”的话说得很有条理，其中也自有一番逻辑，只不过他整个人，连同他那些狗，都像是从月球上掉下来的一样不接地气。最后，他取出裂成两半的钱夹子，从中掏出一张业余爱好者拍的照片给叶夫根尼·尼古拉耶维奇看：

“这是托巴，我的第一条狗，跟了我十九年，是个再聪明不过的小东西，优雅极了……后来它得糖尿病死了。”

那狗的脸模糊不清，它竖着尖尖的耳朵，在磨损的照片上微笑着。

“够了，就这样吧。”叶夫根尼·尼古拉耶维奇心想，于是以最优雅委婉的方式结束了这次会面：

“萨沙，叶卡捷琳娜·阿列克谢耶夫娜在那边给你的宠物准备了满满一包吃的。”

“小灰山羊”眼睛里闪着饥饿的光，一把抓过两大袋子食物，道了谢就急忙跑掉了，在身后留下一股浓烈的狗骚味儿……

叶夫根尼·尼古拉耶维奇把茶杯收到花纹白桦木橱柜里，微笑着摇摇头：他赶上的这些继承人啊，简直让人死不成……不过他也不打算死。

玛舒拉每周至少来看他一次。跟她谈天说地挺愉快的。有时候她也能帮着做做家务，不过叶夫根尼·尼古拉耶维奇通常不安排她做什么事，而是更喜欢雇人来做——有保姆叶卡捷琳娜·阿列克谢耶夫娜，是个还很健壮的老太太，有司机科斯佳，以及他最忠实的朋友和助手、时刻准备效劳的瓦列里·米哈伊洛维奇。

玛舒拉干的是记者工作，从大学毕业一年多了，对大千世界无比感兴趣——一会儿写关于什么萨满的文章，一会儿又跑去某个半荒废的军事科学城，报道当地居民辉煌的过去和令人悲伤的现状，一会儿又被某个旅行社派去巴厘岛出差，描写在那里休闲度假有多么惬意……而且玛舒拉什么都讲给他听，他则津津有味地听着，意识到她找这份毫无用处的工作是对的，而他自己，叶夫根尼·尼古拉耶维奇，宣称没有比这份工作更愚蠢的事，是错的。这个工作刚巧跟她很搭。她很好，是个非常不错的小姑娘，只有一点让他特别不喜欢，就是她的丈夫安东，就是因为安东，他们的关系才变糟了。从他俩结婚的那一刻起，叶夫根尼·尼古拉耶维奇就看得清清楚楚：这是个为达目的不择手段的人，一个外省小地方来的孤儿，要把玛舒拉吃干抹净，可她这个笨蛋偏偏看不透。这个沃洛格达来的安东让叶夫根尼·尼古拉耶维奇的日子过得很不痛快，因为只要玛舒拉跟他还是夫妻，叶夫根尼·尼古拉耶维奇就不能把遗产留给她，不愿意给，就是这么回事……

叶夫根尼·尼古拉耶维奇跟自己的继外孙女进行了一番生硬严厉的谈话，话说得开诚布公：我取消之前的遗嘱，要是你不跟安东离婚的话，就什么遗产也别指望了。

然后他从玛舒拉那里遭遇了这辈子从未遇到过的断然反击——这个小丫头片子用艾玛那双灰绿色的眼睛看了看他，挑起左眉，像她姥姥常做的那样，平静地对他说：

“姥爷，你是不是疯了呀？你不会以为，我为了得到你的旧沙发就会跟心爱的人离婚吧？还是说会为了几把银勺子就离婚呢？嗯？”

然后她放声大笑起来，笑得理所当然的样子。这也太侮辱人了，太让叶夫根尼·尼古拉耶维奇生气了——还没有人这样羞辱过他。他克制住自己，耸了耸肩：

“你自己决定。”

她跳了起来，揪了揪他的耳朵，用拳头戳了戳他的肚子，可现在他没有开玩笑的心情。

“你好好想想，可别打错主意。”他沉着脸威胁她，然后马上就感到自己的话说得不合适。

“啊哈，我晚上不睡觉了，好好考虑考虑，好别打错主意。”这个臭丫头嗤之以鼻。

结果现在是他叶夫根尼·尼古拉耶维奇睡不着了。失眠也有好处——在夜间的一片闷热和寂静中，他做出了好几个决定。第一个是关于遗嘱的，他找到了一个明智的解决方案。第二个是关于别墅的，他要把别墅改建。也许把旧的整个拆掉，按照现在流行的样式重建新的，盖上三层楼，带桑拿房和车库。别墅占地一公顷呢，还可以挖个池塘。全年都可以住在别墅里，城里的房子则卖掉，反正已经旧了。这栋斯大林式的高层建筑按以前的标准是顶呱呱的，现在则什么也不是。窗户又小，又全都朝着广场，从早到晚都有噪声和臭味飘进来，电梯也过时了，还没有地下车库……就这样吧，还是甩出去好了。他要是再年轻些，可以搞搞现代化装修然后租出去。可他要一些两千卢布的票子有什么用呢？如果非要在城里有房子的话，得要小巧精致、位于市中心的。把钟表收藏卖掉！是通过苏富比还是佳士得，这要好好考虑一下。把钱存到一家可靠的银行里。出售藏品的事就交给瓦列里·米哈伊洛维奇，给他提成。玛舒拉是怎么描写巴厘岛的来着？是的，要用新的方式尝试一切。当冬天的莫斯科一片昏暗，到处肮脏又泥泞的时候，就去巴厘岛，去他妈的，加那利群岛和其他小岛、五星级酒店和年轻小妞儿难道还少吗？我还有十年好活呢……我爷爷一直活到九十五岁，还是活到了九十八岁来着？至于遗嘱，我会立的，还要拿给玛舒拉看，让她知道。这样一来……

于是叶夫根尼·尼古拉耶维奇睡得着觉了，心情也变好了。而且除此之外，还发生了一件微不足道却极为有趣的事——他午饭后沿着契诃夫街散步时，踩到了一条别人丢失的女式小围巾。他把它捡了起来，想要挂到附近的门把手上。拿到手里后感觉有个尖尖的小东西——原来小围巾上还挂着一只耳环。不仅如此，耳环上还有一颗三克拉的蓝宝石，表面镶着颗小碎钻……真好笑。如今，当他决意不再玩收藏，要把藏品出售、抛诸脑后的时候，倒遇上这样小小的诱惑，像哄小孩似的。起初他想，我要给玛舒拉订个蓝宝石戒指，然后马上就愤愤不平地唾弃这个想法。

他计划要做的是一项浩大的工程。首先要给藏品列清单。保险箱里那十二件最值钱的单独列一个单子。其他的他跟瓦列里一起清点。接下来是跟公证员打交道。他们办了委托书给瓦列里，有转托权的那种。叶夫根尼·尼古拉耶维奇早就了解了整个流程，而且不止一次利用过，曾多次通过委托人转寄钟表并出售。可这回涉及的金额太大了。他也有自己的手腕，因为要打交道的那些家伙都不是省油的灯，从不光脚去蹚浑水，总是要把鞋套上……而且还给谁都能下套。瓦列拉是极为可靠的人，可即便如此，叶夫根尼·尼古拉耶维奇还是掌握了他的一些黑料，有二十年了，就在保险箱里放着，跟藏好的钟表放在一起。叶夫根尼·尼古拉耶维奇毕竟是个检察官。

整整两个月的时间用来进行文书工作。不得不让另一个在银行工作的小伙子也参与进来，对方年轻的样子让叶夫根尼·尼古拉耶维奇很吃惊。小伙子很有条理，并提供了担保。等遗嘱起草完毕，在公证员来做公证的前一天，叶夫根尼·尼古拉耶维奇叫来了玛舒拉。在把新遗嘱给她看之前，他说：

“明天之前还是可以重写的。我这么说吧：你离婚好了。我需要你在我死后继承不动产的时候是离婚状态，明白吗？你爱跟谁睡觉就跟谁睡觉，哪怕跟前夫也行。与我无关。”

“姥爷，我正想告诉你，我怀孕了，所以就别提什么离婚啦。我连想都不要想……”玛舒拉把遗嘱推回来，一字未读。

“好极了。”叶夫根尼·尼古拉耶维奇微微笑了笑，“你会从我这里继承一只漂亮的茶杯。”

“我要至上主义风格的，好吗？”

“一言为定。”叶夫根尼·尼古拉耶维奇点点头。

柳西卡也是这么个倔脾气。她俩都既像艾玛，又跟艾玛截然不同，真是见鬼。不过事情会照我的意思来办的，叶夫根尼·尼古拉耶维奇断定。

然而，最终却是第三种情况，既非此又非彼。跟玛舒拉谈话后过了整一周，叶夫根尼·尼古拉耶维奇准确无误地完成了所有打算做的事：将遗嘱进行了公证，把藏品清单给了瓦列拉，在临终前夕把砌进墙里的保险箱的钥匙也给了他，应该在何处拆墙的准确指令则给了别人，也就是那个在银行工作的小伙子。叶夫根尼·尼古拉耶维奇知道怎么把事办妥帖。

上午晚些时候，早市已经散了，叶卡捷琳娜·阿列克谢耶夫娜带着一小袋食物来访，按了很久的门铃，可叶夫根尼·尼古拉耶维奇都没开门。她在门口等了一小时，然后一头雾水地回家了，从家里又打电话过来，一直打到傍晚，可他就是不接电话。晚上九点左右，她打给了玛舒拉，说她担心是不是出什么事了。玛舒拉很生气，几乎是粗鲁地对叶卡捷琳娜·阿列克谢耶夫娜说，自己今天不方便过去，明天一早她会去的。不过后来她冷静下来，还是去了。她是唯一一个有房子钥匙的人。十点半的时候她到了，按了门铃，等着姥爷若无其事地来开门，到时候她就又会发现自己上当了，一身疲惫地赶过来只为听他讲那些威胁恫吓的傻话。可没人来给她开门，于是她试着用两把精巧复杂的钥匙开门，可门从里面封上了。她叫来了瓦列里·米哈伊洛维奇，他马上就跑去叫警察。来了两个警员，把门撬开了。他们走进去，在卧室里发现了叶夫根尼·尼古拉耶维奇，他坐在老式写字台旁边，整个胸膛俯在掀开的台面上，身旁是一杯水和小山一样的药片，看得出，他一片也没来得及吃。

玛舒拉立刻就明白，他死了。他的头歪向一侧，英俊的脸上显出一种泛黄的白色，像用旧了的大理石。嘴唇上有一些发干的泡沫，像抹了肥皂一样……他们做了笔录。陆陆续续来了一些人。玛舒拉给丈夫安东打电话让他过来。她害喜已经有一个多月了，特别想赶快结束这一切，回家躺下睡觉。警员要求提供证件，玛舒拉的证件也要。姥爷的东西都在原处，井井有条。她找到了姥姥的死亡证明、他们的结婚证明副本、妈妈柳西卡和她自己的出生及婚丧登记册副本——一切都在已知的地方，在已知的文件夹里。一个警员问，她是怎么知道东西放在哪里的。

“嗯，我就是在这座房子里出生的。三年前结婚的时候，我姥爷给我买了一套一居室……我之前一直住这里……以前户口也在这里……”

快到清晨的时候才开来一辆车，把叶夫根尼·尼古拉耶维奇拉走了。医生的文件上写的是——心脏骤停。

随后就是一片忙乱——亲戚们纷纷来电来访。整个房子挤满了人。老式写字台里的钱是三千块。玛舒拉以为瓦列里·米哈伊洛维奇会主动张罗葬礼的事，可他只是谦卑地站在一旁，没有要主动承担的意思。于是玛舒拉的丈夫安东拿起这三千块钱，开始调度支配。瓦列里·米哈伊洛维奇只是建议，一切都应该按最高规格来办。也确实是按最高规格来的：艾玛·格里戈里耶夫娜之前被安葬在瓦甘科沃公墓，地段很宽敞，可以立两个坟墓。悼念死者的酬客宴是在“布拉格”餐厅订的——叶夫根尼·尼古拉耶维奇一直都很喜欢那家餐厅。他认识那里的所有人，人家也都认识他，因为管理者会变，而老顾客是不会变的。葬礼是在瓦甘科沃教堂举行的，不过玛舒拉没进去，她当时碰巧特别反胃，比平时难受得多。她在街上听着传来的和谐歌声——瓦列里·米哈伊洛维奇命人花钱请了几个特别出色的唱诗班歌手。

在曾经庆祝过叶夫根尼·尼古拉耶维奇七十大寿的胡桃木大厅里，如今正举办葬礼酬客宴。宾客有六十个人，不光是死者的亲戚。宴席摆得铺张又老派：有薄饼、果子冻、蜜粥，以及各种东正教圣水，对于后者，瓦列里·米哈伊洛维奇原来是行家里手。

不知为什么，三千块钱不够使，于是瓦列里·米哈伊洛维奇自告奋勇补足缺口，并且也确实补足了。这让玛舒拉颇为欣慰：他之前总让她感觉有些油滑和可疑。不过看来姥爷这么亲近和倚重他还是对的，他的表现当之无愧。悼念活动结束得相当早，瓦列里·米哈伊洛维奇邀请所有亲戚到叶夫根尼·尼古拉耶维奇的房子去一下。他们什么都没问就去了。显然是要说关于遗嘱的事儿。

玛舒拉开了门，第一个走进去。门口的镜子上蒙了一条白床单，所以过道像是失明了一般。众人的眼睛撞见这片让人不快的白色，都把眼神移了开去。这群亲戚们彼此不对视，而都看向别处，有的盯着窗户，有的看着墙。穿粉红色和穿浅蓝色的两姐妹直接转过身去背对背。她们都觉得自己有点像叛徒，因为都坚信遗产分配肯定对自己更有利。生了好几个孩子的那个身边团团围着四个愁眉苦脸的小姑娘。死者的堂弟夫妇也来了，还有死者的内弟，以及所有的侄辈孙辈。彼得堡的莲卡是带着丈夫来的——好在他的护送下把一万美元运回家里。而侄孙萨沙·科兹洛夫离开墓地就直接去忙活他那些狗的事儿了：有一条顶呱呱的母狗没有他在就下不了崽，他得去给它做剖宫产，所以连酬客宴也没参加。

瓦列里·米哈伊洛维奇从写字台里取出文件进行宣读。遗嘱很短，短得像匕首的戳刺。叶夫根尼·尼古拉耶维奇把所有财产，包括动产和不动产，都留给了侄孙亚历山大·伊万诺维奇·科兹洛夫[1]，专门用于建立并维护一个流浪狗收容所。他给每个亲戚都奉送一个自己收藏的茶杯——他按名字一一列举，一个人也没落下，连在身穿浅蓝色外衣的母亲身边团团围绕的四个侄孙女也不例外。

特别指定赠予玛舒拉一个至上主义风格的茶杯，那是卡济米尔·马列维奇一个姓希德克尔的学生的作品。

瓦列里·米哈伊洛维奇被任命为负责出售全部财产（包括钟表藏品）的委托人，还预先分配了一万美元给他，酬谢他为处

1 萨沙·科兹洛夫（“小灰山羊”）的全名。

理遗产和将绝大部分钱转交给流浪狗收容所筹建基金所做的艰巨工作。

玛舒拉悄悄来到走廊上——真是让人惊讶，孩子还那么小，只有十二周大，却能让人整天整夜地犯恶心。她把自己锁在盥洗室里吐了一次。从早上起这已经是第八次了。

众人都沉默着，心里很不好受。“花生”热尼娅根本算不上亲戚，却非要厚着脸皮参加这场最为私密的家庭聚会，只有她小声尖叫着说：

“全都留给狗？这得去打官司！”

“您要明白，”瓦列里·米哈伊洛维奇彬彬有礼地解释，“由于亲属中没有直系继承人，法院很可能是不会受理的。不过倒是可以尝试一下。”

玛舒拉走到格子架前，取下一个怪模怪样、有着不对称把手的正方形陶瓷茶杯，然后把房子钥匙放在桌子上，走了出去。

彼得堡来的莲卡轻声哭着，盯着窗外。自从得知叶夫根尼·尼古拉耶维奇的死讯，她已经连哭四天了。倒不是因为钱——而是因为他是那样一个人……她以后再也遇不到他那样的人了。不过落空了的那笔钱也确实让人遗憾。要是他活着的话，肯定会给的……

安东一声不吭，气得发狂。他把玛舒拉引到厨房里，说应当对遗嘱提出异议：怎么能给狗啊，死者有一打亲戚呢。

“绝对不行！”玛舒拉微微笑了笑，“安托沙[1]，这儿没有属于我们的东西。要是他把一切都留给了我，会更糟糕的……我没法儿跟你解释——这些东西什么都不能拿……”

叶夫根尼·尼古拉耶维奇终究还是比所有人都聪明——孩子还没出生，安东就把玛舒拉抛弃了。至于那些狗没能得到保险箱里存放着的十二件藏品，倒也没那么可怕——它们本来得到的就够多了，因为叶夫根尼·尼古拉耶维奇对“小灰山羊”是没有看走眼的。

1 安东的昵称。

俄罗斯村庄的女人们

桌子上摆满了穷人的珍馐佳肴：食物都是没有经人手触碰而做出来的，是在81街昂贵的熟食店 Zabar's 买的，由薇拉穿越整个纽约一路背到皇后区，摆放到粗陋的中式浅碟子里。对于三个正努力减肥的女人来说，食物分量是所需的两倍，酒则够五个爷们儿喝的，可偏巧一个爷们儿也没有。

酒太多是偶然造成的：女主人薇拉拿出了自家的一瓶普普通通的伏特加，没什么特别，还有一瓶在小柜子里。两位客人每人带来一瓶：玛尔戈带来的是荷兰樱桃利口酒，而艾玛，一个来出差的莫斯科女人，带来的是冒牌的“拿破仑”干红。这是艾玛在斯摩棱斯克的一家食品店买的，专为庆祝特别隆重的场合。这样的场合还真出现了，这趟不可思议的差事落到了她头上，这本是她连想都不敢想的。

现在玛尔戈和艾玛正坐在薇拉摆好的桌子前，女主人自己则出去遛小球球了。它已经老了，憋不了太久，出于尊严又不能在家里拉屎，所以饱受内急的折磨……她们俩沉默地坐在桌前等薇拉。玛尔戈在美国的日子里与薇拉特别要好。薇拉跟艾玛彼此则是间接认识的。由于玛尔戈喜欢八卦，她们对彼此颇为了解，但今晚才第一次见面。从昨晚开始，玛尔戈和艾玛之间一些旧日恩怨重现，如今艾玛正在努力回想，自己以前在莫斯科的时候为什么有时会疏远玛尔戈，然后又重新回到她身边，就像回到老情人身边一样……

艾玛没住旅馆，而是住在玛尔戈家，她们俩有整整十年没见了。两人同月出生，在莫斯科的同一个院子里住，在同一个班学习，三十岁之前只分开过几天，然后必定会把分别期间发生的一切向彼此和盘托出。她们的孩子也是同年出生的，这让她们更为亲近了——安顿好孩子后，她们常在艾玛的厨房里相聚，各自抽掉一包“爪哇”牌香烟，习惯性地向彼此吐露所思所想和大事小情，以及自己有意无意犯下的罪过。然后她们各自离去，都感到自身得到了净化，被谈话喂得饱饱的。此时往往已是凌晨三点，只剩下不到五个小时能睡觉了。

如今，在分别了十年后，她们黏在一起，体会到彼此心意相通所带来的那种幸福，那是只有置身于一场出色的即兴爵士乐演奏中的乐手才了解的感觉——主题的每个转折都能凭借其他人无从获取的直觉事先感受到。她们了解各自生活里的大事件：彼此通信虽不频繁，但有规律。可还有很多东西是不会写在信里的，只能通过声音、笑容和语调加以理解……玛尔戈三年前跟酒鬼丈夫离了婚（她叫他“不中用的韦尼克[1]”），如今过着犹太人走出埃及、摆脱奴役的日子。她现在进入了一片荒原，拥有无边无际的自由，却并不觉得幸福，因为韦尼克——连同他那塞在公文包和衣柜里、跟儿童玩具放在一起的空酒瓶，酒后粗鲁的性爱，以及偷家里钱的下作行径（给孩子的钱、房钱，什么钱都偷）——留下的空位上满是她跟十六岁的大儿子格里什卡的激烈争吵，以及和十岁的小儿子达维德的极度疏远……她把这些都讲给艾玛听，而艾玛只是啊呀几声，摇摇头，叹叹气，并对她表示深切的同情，说现在玛尔戈莎[2]好像变得轻松些了——可这话并没起到什么实际的作用。接着艾玛还称赞她移民后取得的成就，赞美她的丰功伟绩。玛尔戈确实干得很好，给自己的文凭办了认证，像那个捉到小金鱼的渔夫[3]一样，实现了在一家私人肿瘤诊所当助手的心愿，未来很有希望获得自己的营业执照，等等……说来话长。

最初的三天——准确地说是三个晚上，因为白天她俩都在忙自己工作上的事——主要都用来谈论和分析“不中用的韦尼克”。艾玛很诧异，为什么明明丈夫不在，情况倒跟他在场完全一样。表面看来，玛尔戈跟一个烂人兼酒鬼在一起受了这么多

1　韦尼克是韦尼阿明的缩写，同时也有“扫帚”的含义。

2　玛尔戈的昵称。

3　该典故源自普希金创作的童话叙事诗《渔夫与金鱼的故事》，讲述一个渔夫偶然捉到一条能帮人实现愿望的金鱼后发生的故事。

年的罪，一直像个东方女人一样害怕离婚，现在终于壮起胆子离了婚——那就该踏实过日子呀。可是不行，如今让玛尔戈痛苦的是，之前究竟是为了什么而痛苦了那么久……而且她不厌其详地讲述这些事也讲了很久。不过终于有一天晚上，玛尔戈问艾玛：

“你的情况如何？你跟你的心上人怎么样了？”

而且她的声音里好像透着发自内心的好奇。

“结束了，”艾玛叹了口气，“我们分手了。彻底分了。我已经开始了新生活。”

“已经很久了吗？”玛尔戈精神一振。她早已结束了昔日的生活，可新生活无论如何也开始不了。

“在我动身前一天分的手，18号那天。”

然后艾玛详细描述了跟戈沙最后一次见面的情景，她来到他的工作室，那里摆满了铁制的扭曲人形，样子那么悲惨，明白吗，仿佛它们在材料里迷了路，然后偶然在坚硬的金属而非肉身中复活，并为自己那生了锈的、不完美的躯体而倍感痛苦……

“你明白我的意思吗？”

“好像明白。可那又怎么样呢？你们见了个面……”

“这是个死胡同。我们进了死胡同，束手无策。他那个弱智老婆是个没用的傻瓜，一个小女儿生了病，另一个纯粹是个疯子。他拿她们毫无办法，而我只会让这一切变得更糟……我们的关系也只会让所有人都更难受。就连他喝酒也是因为无路可走……”

玛尔戈用她那亚美尼亚和阿塞拜疆混血儿的目光看着艾玛，轻微的惊异逐渐变为无声的厌恶，直到她突然开口问了一个下流的问题：

“艾玛，可你还跟这个酒鬼睡觉？”

“玛尔戈莎，我八年里可能也就只有两回碰见他是清醒的。他从来都醉醺醺的。”

“你真可怜。”玛尔戈把她那双大得出奇的眼睛眯了起来，“我懂你……”

“你不懂，不懂。”艾玛摇起了头，“他是个特别可爱的人，是醉是醒并不重要。他是每个女人都需要的那种人，一个地地道道的男子汉，只是落入了可怕的境地而已，还把我也带到那种境地里去了。他在我面前一点儿错也没有，都是环境造成的……不过我已经下定决心要结束了。我要跳出去。我不应该碍他的事，他是创造型的人，是个特别的人，跟那些当工程师的蠢货完全不同。他有一整个完全不同的世界。当然，哪怕是跟他稍微有点像的人，我以后也不会再遇到了，这是显然的。但我有过他，我人生里这一段整整八年的时光是谁也抢不走的。这是独属于我的。”

“可你凭什么认为你已经跟他彻底分手了呢？你每回都给我写信说你跟他断了，已经有三回了。结果每次又重新开始。我留着你所有的信呢。”玛尔戈刻薄地提醒。

“你知道吗，我以前只考虑怎么做会对他更好。可如今我改从另一个角度来看待这件事了——开始考虑我自己了。现在要为我自己的生活着想。我已经四十岁了……”

“这我知道，我也是。”玛尔戈说。

“所以这是开始新生活的绝佳时机。我们分手了，而且是按着我的剧本走的，明白吗？是我选择的时间和地点。而且我们共度了最后一晚……那是我永远不会忘怀的，因为那超出了通常做爱的范畴，是在界限之外的。我们面朝着天空，他锻造的那些铁制人形宛如见证人……你想象不到跟艺术家一起生活是什么感觉……”

“确实想象不到。韦尼卡是个程序员。工作倒确实很出色，不过为人特别肤浅卑劣，你是知道他的。他是个不可救药的利己主义者，而且除了电脑和伏特加什么也不需要……艾姆卡[1]，你总是那么与众不同，你的情人们也同样与众不同。以前还有个匈牙利人！那个帅哥叫什么来着？”

“伊什特万。”

“还有你前夫亚历山大，多体面的一个人啊……你还能再找到一个人结婚的……而我……”玛尔戈把粗壮的手指伸进胸罩，微微抬起自己丰满但略有些下垂的乳房。“尽管我长得这么……”她站起来，转过身，扭了扭，亮出她那宛如高水罐般曼妙的身材——丰胸，细腰，让人心悦诚服的翘臀……“却没有人要！除了不中用的韦尼克，我一辈子没跟任何人睡过。从十八

1 艾玛的昵称。

岁的时候就……艾玛奇卡[1]，你倒是跟我解释解释，为什么会这样：你个子也没有，胸连二号的胸罩都撑不起来，腿呢，对不起，是双罗圈腿，可为什么你总是有一堆情人啊……”

艾玛宽厚地笑了起来，一点儿也没有生气：

“玛尔戈莎，我爱你爱的就是你这份坦诚。我可以告诉你——其实我早就跟你说过了。根源在于亚美尼亚和阿塞拜疆之间的冲突。你得在你自己身上把它解决掉——你是东方女人呢，还是西方女人？如果你是东方女人，就别跟丈夫离婚，而如果是西方女人，就找个情人，别觉得这有什么大不了……”

玛尔戈突然生气了：

“我可认识你们全家，包括你妈妈和你姥姥，你们犹太人哪里比我的亚美尼亚妈妈好了？你们怎么就是西方的了？”

“西方女人讲自尊。你还记得我姥姥吗？”

玛尔戈当然记得。采齐利娅·所罗门诺夫娜的确气派十足，举手投足像位女沙皇。不过她也有双罗圈腿……也许，她确实是个西方女人？

在这种拌嘴的气氛里，玛尔戈收走了餐具，叹了口气，看了一眼表，因为像在莫斯科的时候一样，已经凌晨两点多了，可七点就要起床。她们各自去了不同的房间睡觉：玛尔戈去卧室，艾玛则去客厅，那里有一张给客人用的新沙发，是在韦尼克离开后买的。他走后，家里的钱就多得像彩票中了大奖一样……

1　艾玛的昵称。

薇拉走了进来。她脸色白里透红，满是皱纹而又显得颇为年轻，头发染得很糟糕。身后是小球球，像老人一样步履蹒跚。它坐到薇拉的扶手椅左边，假惺惺地摆出一副对餐桌毫无兴趣的样子。

“这一对儿真是毫不掩饰自己的年龄。”艾玛心生同情地想。

薇拉一屁股坐到藤圈椅上，椅子轻轻地吱呀了一声。她伸手去拿酒瓶：

“日期不准，不过我是按月来算的：今天是我丈夫米什卡死了十七个月的忌日。”

她没问其他人，给小酒杯分别倒上伏特加。艾玛注意到，小酒杯是莫斯科式的水晶杯，斯大林时代的。

“愿你升入天堂，米什卡！”薇拉高兴地喊道，把酒一饮而尽，然后叹了口气，“都一年半了……感觉就像昨天……”

她从菜肴里挑了一块熏火鸡肉，扔给小球球：

“吃吧，小球球，这玩意儿对你来说纯粹是毒药。”

小球球估摸了一下主人的手势，在两种强烈的愿望之间犹豫不决——是立马舔舔主人的手表示感谢呢，还是立马把这块香气扑鼻的熏肉吞进肚里？它急得团团转……小球球的性格很复杂。

“咱们开吃吧……”薇拉说，仿佛沉浸在梦幻里，“来吧，来吧，姑娘们！自从米什卡不在了，我好像一次饭都没做过……

全是去小馆子里吃。玛尔戈！怎么样？”

不知是因为她们确实饿了，还是因为小球球吃了熏火鸡肉正大声呜咽，她们贪婪地大吃起来，不顾体面，也忘记了要用叉子和停下来歇歇……真是大快朵颐。她们甚至没顾上赞美食物，只是一声不吭地狼吞虎咽，不停添菜添酒。小球球在桌子下面闹腾起来——她们也不时扔东西给它吃。饭菜太可口了：鱼是一等一的，沙拉、馅饼和肉馅也棒极了……口味也不是美式的，玛尔戈提到了这点。薇拉笑了起来：

“当然不是美式的！这是犹太口味。这家熟食店 Zabar's 是犹太人开的。我跟米什卡刚一搬来就相中它了。以前那儿的东西卖得挺贵的。我们当时没有钱，就每样各买一百克——美国那时候还没有油烤土豆碎肉、肉酱和黑面包，只有这家有得卖。在美国这边，俄罗斯来的犹太人都被叫作俄罗斯人，而我这样的俄罗斯人倒是犹太化得很厉害。”薇拉笑起来，对不了解当地情况的艾玛说，“我可怜的姥姥是在我婚礼前去世的，恐怕是伤心死的，因为她心爱的外孙女要嫁给一个犹太人……而我妈妈则总是说，‘找个犹太人也可以，只要女婿不喝酒就行’！”

薇拉放声大笑起来，皱纹在两颊上聚成了两束，而她反而显得更年轻了，真让人吃惊！

“他喝得厉害吗？”艾玛问。这个问题让她极感兴趣。

“不然呢。”玛尔戈皱起眉头。

“哎，喝得可厉害了！”薇拉微笑地望向丈夫的大幅遗照。

那是用一张战后拍的照片放大而成的，效果不怎么样。照片上一个年轻的士兵梳着歪斜的卷曲额发，戴着一顶船形帽，嘴角叼着卷烟。“他长得很好，是吧？他各方面都很好，连酒量也好。他是得肝硬化死的，艾玛奇卡。”

玛尔戈把生着浓密秀发的头放到洁白光滑、生着青筋的胳膊上。她像个女神，一个天生丽质的女神，有着端正的罗马式鼻子，山根高耸，双眼大得异乎寻常，丰满的嘴唇如同拉满了的弓：

“薇拉奇卡[1]，你的米什卡当然是个很好的人，很有魅力，是个出色的人。可你跟他在一起时为了他酗酒的事儿很痛苦，我是了解的！喝酒能有什么好？喝得都没人形了！难道不是吗？”

而薇拉放下空酒瓶，神不知鬼不觉地飞速拿了第二瓶，脸上依然带着微笑：

“说什么傻话呢！喝酒能让人解脱……一个好人喝醉了只会变得更好，可如果他是个废物，喝醉了还是废物。相信我说的话吧，我明白的！等等！我有的是证据！”她跳起来，在一个架子上翻找了一番，找到一盒磁带，播放起来。一个婉转而又恳切的声音半哼半唱道：“我带上零点八升家酿白酒，带上核桃酥糖、里加啤酒和刻赤鲱鱼……”[2]“米什卡很喜欢他……他们是酒友，是哥们儿……”

可谁也没去听这首可怜的吉他曲，而是在谈自己的事，所以

1　薇拉的昵称。

2　出自亚历山大・加里奇（1918—1977）的诗歌，他是苏联时期著名弹唱诗人、电影编剧、戏剧家，出生于犹太家庭。

这来自昔日的声音就在空中飘浮着。她们继续喝酒：薇拉喝伏特加，艾玛喝假白兰地，玛尔戈则把酒混在一起，每样都喝一点。

奇怪的是，情形逐渐发生了变化，一切都朝着相反的方向发展：薇拉快活起来，兴致逐渐高昂，玛尔戈则变得忧郁又气愤，似乎因为薇拉这么兴高采烈而大为光火，而艾玛看着她们俩，隐约感觉她马上就要知道什么重要的东西了，那是能帮她开始新生活的东西。所以她全神贯注地听着，更多的时候保持沉默，而且她今天也不太想喝酒。

“哎，不管怎么说吧！”薇拉做了一个潇洒的俄罗斯式手势，就像准备跳芭勒娘舞[1]一样，“俄罗斯自古以来所有最优秀、最完美的人都是酒鬼！比如彼得大帝！普希金！陀思妥耶夫斯基！穆索尔斯基！安德烈·普拉东诺夫！韦涅季克特·叶罗费耶夫！加加林！还有我的米什卡！”

玛尔戈瞪大眼睛：

“怎么还有你的米什卡，薇拉？有加加林也就罢了，让他见鬼去！可米什卡，关米什卡什么事儿？”

薇拉突然泄了气，稍微严肃了一些，轻声说：

“他也是俄罗斯最完美的人之一呀……他很正派……”

可玛尔戈不依不饶：

“可彼得大帝怎么也算在里面？他是个疯子！一个梅毒患

---

1 一种俄罗斯民间舞蹈。

者！不过也罢了，好歹是个皇帝！而你的米什卡是个犹太人！他哪儿正派了？哪儿？你为了他受了多少罪？还说他正派！”

玛尔戈此时已经不是对薇拉说话了，而是对艾玛：

“他还正派！我都听不下去！薇拉为他做了多少次流产啊，为他这个正派人！你在各种人流诊所里遭罪的时候，他搞了多少娘们儿！你的女友里就没有他没搞过的。呸！”

“他倒是没纠缠过你吗？”薇拉气呼呼地说。

“怎么没纠缠过？他谁都纠缠，偏偏就不纠缠我？只不过他没能把我弄到手而已！”玛尔戈骄傲地断然说道。

“真笨！你要是跟米什卡睡了，也许能跟韦尼克过得更好些！”

“住嘴吧你。我的韦尼克不中用，可你的米什卡也好不到哪儿去。一个老色鬼罢了！”

小球球艰难地站了起来，走到玛尔戈身旁，蔫蔫地叫了一声。薇拉哈哈大笑：

“姑娘们！玛尔戈莎！艾玛奇卡！当着小球球的面是不能骂米什卡的。它会咬人的！”

小球球明白自己受到了表扬，于是走到女主人身边，张开衬着深红色舌头的黑洞洞的嘴，期待得到奖赏。薇拉扔了一块法国奶酪给它。

玛尔戈克制住满腔怒火，喝了一杯白兰地。

“薇拉，我很生气。他为所欲为，不停地出轨，可你还是爱他，什么都原谅了。要是我的话，会杀了他的！如果我有个深爱的丈夫，而他却背叛我，我一定会宰了他，让他见鬼去！”

这场娘们儿之间平凡俗气而又愚蠢至极的对话眼看就要发展成打架了，这一切难道真的发生在美国的纽约市，在另一个世界，在1990年？艾玛感到很惊讶，端详着自己的老朋友——她几乎没怎么变化。玛尔戈以前是什么人，现在还是什么人——一个有着阿塞拜疆姓氏的亚美尼亚女人，为此她的亚美尼亚亲戚一辈子都不正眼瞧她。而她父亲扎里克·侯赛因诺夫在山里摔死了，那时玛尔戈只有六个月大……真拿她没辙，她的护照是美国的，可脑子还是高加索式的：热情好客、乐善好施，可要是不祝她生日快乐，她就会大闹一场，让你一整年都忘不掉……还口口声声说什么“我一定会宰了他”呢！

“玛尔戈，你什么都不懂！问题出在你自己身上！你根本就不会爱！爱一个人的时候，是什么都能原谅的……一切的一切都能原谅……”

“可也不能到这个地步啊！”玛尔戈尖声说，抖了抖两边对称的鬈发，“不能到这个地步！”

薇拉把伏特加倒进水杯，没有倒满，只倒了一半。她沉思地端着杯子，望着斜对面的遗照。照片上，年轻的米什卡梳着战后流行的额发，似乎也在望着她。她没见过这样的他，两人是后来才认识的——她把他从战后的第二任妻子那里抢走了，以为能一人独享他。可她错了，大错特错！据她所知，他不仅去找战争期间的第一任妻子津卡，还去找战后的第二任妻子舒拉，还去找另一个女人……她用豁达的目光看着遗照，以及玛尔戈……

“你个傻瓜。听着，我毫无保留地爱米什卡，全身心地爱他。他也爱我。你都不懂我们有多么相爱。清醒的时候相爱，喝醉的时候也相爱。而且喝醉的时候爱得尤其热烈。他是一个了不起的爱人。他没有背叛过我，只不过是跟其他女的睡睡觉罢了。而且我一点儿也不吃他的醋，呃，几乎不吃。”她纠正说，“我只在年轻的时候吃过，那时候我还不懂……他特别擅长去爱。他突然得了肝硬化以后，我们彼此相爱到忘我的地步，因为几乎没有时间了……我们两个都知道……他在医院里找了个姑娘，是个护士，最后也爱上了他。我全都知道，他也不瞒我。他跟她睡了，然后说：‘我再也不想要任何人了。没多少时间了，让我出院吧，我要死在家里，跟你在一起。’我们干那事儿干得昏天黑地，最后眼泪都流下来了。他总是说：‘我是多么幸福啊——1943年，我十七岁时就上了前线，而且活了下来。经历了整场战争，一个人都没杀过。我在维修队工作，修理坦克……娘们儿总是很喜欢我。1949年的时候坐过牢，是把我从学院抓走的，活着出来了，依旧很招娘们儿喜欢。还有你，我亲爱的……’他这么叫我，‘我亲爱的’！‘还有你，我亲爱的，你也爱上了我。你那时多年轻呀，完全是个小姑娘，却紧紧抓住我这么个老山羊，不肯放过属于自己的东西，可真聪明……’他说，‘让我快快摸摸你的小阴唇……这小膝盖，这小肩膀，我不知道以后还能搞什么了……’他临死前两天还在这样说……可我已经年过半百了！什么小肩膀小膝盖，早就什么都不剩了……傻瓜呀你，玛尔戈，你是个傻瓜，你全都给错过了，什么都没经历过……你不会爱，这就是你不幸的地方。而且与你的韦尼克无关！他只是不走运。也许，要是有别的婆娘爱上他，能教会他怎么去爱……你算什么女人呢，废物一个……”

玛尔戈哭了起来，被这番酒后真言打倒了。也许是真的？问题在她自己身上？要是她能像薇拉爱米什卡那样爱韦尼克，也许他就不会酗酒？或许还是会酗酒的，但会很爱她……那样就不会有那种酒后醉醺醺的性交带来的羞愧和耻辱——那时你满心憎恶地躺着，一个九十公斤重的人在你身上耸动，你被不流血地捶打着，就像正在被处以尖桩刑，你的胸被捏得青一块紫一块，就像挨过一场毒打一样，留下的褐色痕迹要过一年才能消下去。还有那种难闻的酒臭味儿，让人直犯恶心的下体的味道，还上下颠簸着，像在船舱里一样，让人只想跑到厕所里，好全吐出来，吐到光亮洁白的马桶里……怎么？还不够吗？你要再来？把你那根贪得无厌的棍子拿走！干什么？还想怎么样？

艾玛也哭了起来：她都干了些什么啊？亲爱的戈沙！我是爱你的，以前我从没爱过任何人！也从来没有人像我这样爱过任何人……不，不，我不想开始什么新生活。我就要这样的生活，跟永远醉醺醺的戈沙一起，每天都绝望，每天都焦虑，夜里总是这里那里跑来跑去“出急诊”，早上喝一瓶四分之一升的酒来救命，吃一个用报纸包起来的热馅饼填肚子。还有女儿那轻蔑的眼神：又跑出去忙活了？就这样，完全没有过上什么正常生活的指望，就这样，毫无回报，也就是不被承认，不被感激，不做任何打算，纯粹的奉献和付出，就这样！

“纯粹的奉献和付出，就这样！而且你别想着人家会有什么给你作为交换！”薇拉朗诵一般地说。她醉意盎然，洋溢着老娘儿们本能的智慧。她给她们斟上酒，这回改用水杯，而不是水晶小酒杯了。她不时用一根烟给另一根对火，并把没抽完的烟按到一只巨大的烟灰缸里。那烟灰缸更适合放在公共吸烟室里，而不是给一个孤单的寡妇在家里用。她灭了烟，挺直庞大的身躯，微微晃了一下，伸手抓住桌子边缘，于是桌子也微微晃了一下，但没塌。她站稳身子，一边高声大笑着，一边扶着墙在地板上滑行，去了卫生间。

“薇拉喝多了。”玛尔戈评论道。浴室里很快传来一声巨响，伴随着一声高喊：是几个东西掉到了地上，其中还有一个特别巨大。玛尔戈和艾玛急忙站起身想要跑去帮忙，可不知怎么跑不动。两人撞到了一起，于是明智地放缓了脚步，踉跄着来到浴室。薇拉正在浴室的地板上扑腾，一边揉搓着她那名声在外的膝盖，一边说：

“总是把衣服往地板上扔，然后就绊倒了……天哪，玛尔戈莎，你怎么跟头母牛似的，把我的小瓶子都撞碎了。”

地板上确实有些玻璃碎片闪着微光，还散发着浓重的香水味，跟反坦克炮弹一样势不可挡……

她们把薇拉从地板上扶了起来。她捣了点儿乱，但很开心，还一直要求再喝点。可酒瓶子已经全空了——两瓶伏特加，一瓶白兰地，一瓶利口酒，还有一瓶不知从哪儿来的法国葡萄酒，她们没注意到后者显赫的商标就给喝光了……

“得再搜查一下！米什卡总是藏着东西……在莫斯科的时候，我们临走前克格勃就搞了一番搜查，结果他们找到的酒瓶比书还多……”

薇拉把书桌的所有抽屉都打开：

“没错，这里的所有东西我都已经搜过不止一次了……但别处肯定还有！喂，米什卡！”她转向丈夫的遗照，举起微微下垂的长臂。

然后她跪了下来，但不是跪在遗照前，而是跪在书柜前。她拉开玻璃柜门，开始从底层架子上把书一摞摞地往外抽。底层架子被清空了——里面什么也没有。

艾玛和玛尔戈站在一旁，彼此依偎着，就像两棵互相倾斜的树，一棵粗壮，一棵纤细。玛尔戈打着嗝儿。

“得喝点儿压一压。”艾玛建议。

“嗯，我在找呢。应该在某个地方的。”薇拉躺在地板上，用脚把倒数第二层架子上的书扫下来。一本小书叮当一声裂成了两半。原来是一本假书，只有个书壳子，里面是一瓶酒，一瓶开过封的伏特加。

薇拉一把抓住酒瓶贴到胸前：

“米什卡！我忠实的朋友！这是他背着我藏起来的！干吗要背着我呀！这不还是让我找着了！”

于是她们把这最后一瓶伏特加、这来自米什卡的致意分别斟到酒杯里。此时她们已经不胜酒力，再也喝不下了，因为已经喝到顶了，到了女性酒量的上限。薇拉在喝断片之前让她们把自己送到米什卡的书房去，路上还吐露了最后的酒后真言，或许也不是什么真言，而只是幻想：

“把我放到米什卡书房的沙发床上。我给自己找了个仰慕者，是个波多黎各小伙，人很好。我总是一定要把他放倒在这张沙发床上。这里有米什卡的味道。而米什卡就看着，看他是怎么把我……他三十五岁，很年轻……看他怎么搞我……米什卡很高兴……他说，我亲爱的，高兴起来吧，高兴起来！他就是这么说的……”

后来玛尔戈花了很长时间回忆，薇拉当时说的究竟是她的波多黎各情人，还是她酒后的幻觉。

她们把薇拉抬到沙发床上，早已在这里打起呼噜的小球球不满地挪了挪。随后玛尔戈和艾玛去了卧室，那里在她们欢聚一堂之前就已经给她们铺好了双人床，那床就像薇拉的俄罗斯灵魂一样宽广而又柔软……

玛尔戈，美洲大陆上最后一个还在穿花边衬裙的正派女人，腼腆地把胸罩从裙下抽出来，扑通一声躺到羽毛褥子上。那褥子是跟薇拉一起从莫斯科郊区托米利诺移民过来的，勾起人的思乡怀旧之情，薇拉的老妈和两个姐姐直到今日还睡在这种褥子上。艾玛把衣服全脱了，光着身子钻到床单下，立刻感觉天旋地转，一切都在往下掉，晃得东倒西歪……

“哎，真难受。”她呻吟道。

“谁又好受呢？”玛尔戈回应道，“要紧的是你别睡着，等酒劲儿过去。可怜的韦尼克，难道他每天喝醉了以后都这么难受吗？”

“还要更难受呢，”艾玛低声说，“早上总是比晚上还要难受。可怜的戈沙……”

玛尔戈心中忽然涌起一股难以言传的柔情，甚至都不知道是对谁的，大概是对不中用的韦尼克的吧。她抽了抽鼻子，泫然欲涕，抱住了艾玛瘦削的后背。艾玛的后背像鱼一样纤细，也像鱼一样光滑，只不过不是湿漉漉的，而是正相反，像饼干一样干巴巴，在她的手下滑过。于是玛尔戈开始抚摸艾玛，先是摩挲后背，然后轻抚双肩。一股极为热烈而又强大的浪潮向玛尔戈袭来，将她带往未曾去过的方向……而艾玛只是呻吟着，一个劲儿地“哎哟”，但依旧安安静静地躺着，一动不动。玛尔戈微微抬起身，抚摸着她那平坦的胸，惊讶地发现触碰她的感觉不知为何如此美妙，仿佛这少女般娇嫩的身体正是为了让人抚摸才造就的。她把双唇贴到艾玛的脖子上，对方的肌肤散发出来的味道不像薇拉那些爆炸性的香水，让整个房子都弥漫着烧焦了的牛奶般的臭气，而是沁人心脾，让人喘不上气来。没错，就是沁人心脾。玛尔戈觉得，自己肚子里仿佛生出了一朵小花，正渴望着艾玛。她融化在享受里，先是用双唇轻触艾玛的胸，然后用手指温柔地沿着乳晕爱抚……

而艾玛呻吟着，不知正在什么地方神游，只有胃部还在抖动着。她很想呕吐，可这样就得停下来，使上一把劲，可胃抖动得太厉害了，停不下来……至于有人正在爱抚她，她没有感觉到，所有的感官都集中到胃部了，嗓子那儿也有一点儿……

而玛尔戈的那朵小花膨胀起来，眼看就要绽放了。她把腹部贴近艾玛的身侧，手指把玩着艾玛紧实的胸部……她的乳腺可真紧实……下半部分接受着触诊……肌腱向上直达乳头……从左到右……一个硬结，又是一个硬结……这个情况太典型了……这是恶性肿瘤！可以直接确诊，连活检都不用做。玛尔戈猛地起身。

“艾姆卡！”她大声喊道，“艾姆卡，起来！马上起来！”

酒劲儿消了，就像压根儿没喝醉过一样，全消了……她穿着黄色的花边衬裙，耷拉着绝对健康的胸部（作为一个文明开化的女人，她每年都做两次乳腺 X 光检查），一把抓住艾玛的腋下，扶着她虚弱的双腿站起来，摇晃着她继续喊道：

“你站着呀，碍事的家伙！站好了！把胳膊这样分开！我要看你的腋下，不是胳膊肘！挺肩！”

她把强有力的手指伸进艾玛干燥的腋窝，伸到最深处——

左边的淋巴腺硬化了，变大了，但不算太严重。右边的淋巴腺安然无恙。她按压了一下艾玛左边的乳头。

“哎哟！”艾玛应了一声。

“疼吗？”

“不然你以为呢……”艾玛嘟囔着说，倒在床上。

玛尔戈的手指变得湿漉漉的。

“听着，你的乳头早就开始有分泌物了吗？”

“别烦我了，我头够晕的了。让我喝点水吧。”

玛尔戈把她拖到浴室，她吐了出来，然后解了个手。接着玛尔戈把她塞进淋浴间洗了个冷水澡。今天在诊所值班的是莫顿，他是医生里医术最高明的一个，是个经验丰富的老头儿，很讨人喜欢。真走运。

玛尔戈把艾玛从淋浴间拉出来。她看上去完全清醒了。

“快点收拾一下，咱们去我们诊所。”

“玛尔戈莎，你是疯了吗？我哪儿也不去。我今天休息。”

“我今天也休息。你快点收拾。你的乳腺里长了个东西，得赶紧做检查。”

艾玛一下子就全明白了。她从挂钩上扯下毛巾，擦干身体，用手指戳了戳左胸。

“这儿吗？”

玛尔戈点点头。

“把茶烧上，别着急忙慌的。话说，要是我往莫斯科打个电话，会很贵吗？你觉得呢？”

“打吧。你知道怎么拨号吗？”

玛尔戈拿来了话筒。艾玛拨了代码，然后拨了莫斯科的电话号码。戈沙一直没来接。

“那边现在是几点啊？”艾玛忽然意识到。

“这边是早上五点半，加上八小时是下午一点半。”玛尔戈算了算。

“戈沙！戈申卡[1]！”艾玛大叫起来，“是我呀！艾玛！对，我是从纽约打过来的！我说的话全都收回！咱们的分手也不算数！那是一时糊涂。原谅我吧！我爱你！怎么，你喝得烂醉了？我也是！我也是啊！我马上就回来！你只要爱我就好，戈沙！还有别喝了！我的意思是，别喝太多了！”

“我需要半小时收拾东西。不，四十五分钟。我这就预约六点十五分的出租车。”玛尔戈从艾玛手中接过话筒。

“喂，干吗这么匆匆忙忙的呢？怎么，真有这么紧急吗？”

“紧急得不能再紧急了。”

小球球站在门口，正急着想要解决它的老年需求。它微笑地站着等待，讨喜地吐着舌头。在出租车来之前，还得把这条傻兮兮的老狗带出去让它方便……

1 戈沙的昵称。

苏-苏黎世

莉季娅手捧一本打开的德语教材，在长凳上坐了整整三个工作日。结果，她的筹谋一点儿也不错，她没有白白浪费自己的假期。第三天快结束的时候，展览馆里走出一个皮肤晒得黝黑、胖墩墩的男子，坐到了她身旁。他周身笼罩着隐隐的光晕，不过闪着光的并不是他这个人本身，而是他穿着的灰蓝渐变色西装上衣。他的身上散发着沁人心脾的松树香气，穿的鞋子是女人常穿的那种灰色，还带有时髦的小孔。这一整幅画面，包括鞋上的那些小孔，莉季娅用敏锐的目光一眼就捕捉到了，甚至还注意到了他那衰弱暗淡、微微向前凸出的额头，以及左边眼睛里的红色血管。她一头埋进打开的教材里，把书转了转方向，让封面能被人瞧见。

那个男子像鱼一样张开嘴，迅速吞下了诱饵：

“O, die deutsche Sprache![1]”

1　德语，意为“哦，是德语！”。

他露出了微笑。接下来两人的谈话像小溪般潺潺流淌起来，水流纤细但平稳。这位先生说自己是一个来自苏黎世的瑞士人，是一家颜料生产公司的代表，在市郊有一栋房子，喜欢小动物。相应地，莉季娅也介绍了自己——这篇自我介绍她早就已经准备好了，背了下来，排练得滚瓜烂熟：她是个教育工作者，跟孩子们一起工作，每周一三五上德语课，纯粹是因为学着好玩。

“我很喜欢德语的秩序感，一切都各得其所，尤其是动词……”

瑞士人笑逐颜开——哦，他也学过几门外语，同样认为德语是最合乎理性的……

搞跟踪监视的人忙得不可开交：这是一场国际展销会，全城各处胸部丰满的妓女都聚集到了一起。这是些投机分子，也是跨国生意的弄潮儿，她们带来了自己装在粉色丝绸短裤里、系着粗陋松紧带的新鲜货物。莉季娅完全可以从容不迫——谁也不会想到，她到这里是来狩猎的。

确实，她跟一窝蜂跑到这儿来的那些姑娘一点儿关系都没有。她已经三十开外了，也毫无美貌可言，甚至相反，她的下嘴唇像把小锅铲似的向前伸出，鼻子微微耷拉着，要是她混迹于欧洲君主圈子，那人们就会觉得她的嘴唇有哈布斯堡家族[1]的特征，可由于她生于索洛斯洛沃村[2]，她从小的绰号就成了“母鹅莉

1 欧洲历史上最为显赫、统治地域最广的王室之一。

2 位于俄罗斯莫斯科州。

德卡[1]”。除了德语以外，她的两个显著优点就是层层盘成发髻的浓密的浅色秀发，以及一把纤腰，用一条宽宽的漆革皮带勒得紧紧的，都快要把她锯成两半了。

他们的谈话进行得不慌不忙，而且一直朝着必要的方向前进，可谈着谈着，瑞士人瞟了一眼自己的瑞士手表，莉季娅吓了一跳，怕他会起身跟她说声“auf Wiedersehen”[2]就一走了之。但他没有说Wiedersehen，反而提议去看看他的展台，喝杯咖啡。

莉季娅端庄持重地微笑了一下，薄薄的嘴唇一咧，露出嘴里深处的两颗金牙。她收起教材，踌躇了一小会儿：她的小包里放着一双手套，白色尼龙的，带小褶边，跟衬衫上的褶边一模一样，要不要把它戴上呢……戴手套倒是蛮讲究的，但会不会有点过火了……她没拿定主意要不要戴，终究还是把手套拿了出来，攥在手心里。

“这是我的客人。”瑞士人向保安点头说。莉季娅把玩着手套，跟在他身后进了门。

他把她带到自家展台的小隔间里。莉季娅高兴得心脏紧缩了一下，看到这位胖墩墩的瑞士人出售的那些油漆样品时，她是那么快乐。

“真漂亮啊！”她赞叹道，她的真诚是不容置疑的。尽管她的许多优点中（甚至连忠厚朴实也包括在内）偏巧就是没有真

1 莉迪亚的昵称。

2 德语，意为“再见”。

诚。更准确地说，她是有点狡猾的。没错，她既忠厚朴实，又有点狡猾。如果要说她的生活策略，那么正是在此时此刻她准备好要要要花招、搞搞手腕，甚至骗骗人。不过她完全用不上这一套——这位先生特别招她喜欢。

“别放松，可千万别放松。”莉季娅命令自己。

他请她坐下，自己微微拱起背，坐到了豪华的红色塑料扶手椅上，含含糊糊地微笑了一下。他为什么要邀请这位陌生女子来展览馆呢，她不像个客户，长得也不好看……

“您需要做按摩。您有软骨病！”她断然大声说，没等他反应过来，就一把紧紧抓住他的肩头，用一双强壮的小手在他厚实的脖颈上摸来按去。他吓呆了，只顾瞪大眼睛坐着，不住地吸气。

莉季娅的德语词汇量匮乏到灾难的地步。她不知道“放轻松”这个词怎么说，但她明白自己决不能丧失主动权，也不能保持沉默，得说点儿什么。所以她一直在讲话。起初她复述了教材里一段讲莫斯科历史的课文，然后讲了普希金的生平。她还顺便抽空脱下了他的渐变色西装上衣，赞美了衣服的面料。他试图抗议，但在她的攻势下迅速退缩了，最终真的放松了下来。

“我有按摩师证书，可以做健身按摩、医疗按摩，我甚至还研究过中医按摩。”她宣称。而且看样子她没有撒谎：她的动作自信从容而又坚决有力。

他在瑞士时有时候也会做按摩，价格不便宜。至于软骨病，她说得一点也不错——他确实有软骨病。

她用手指在他周身游走了大约十五分钟，让人很是愉悦，只不过门是微微敞开的，他有些不安，担心有旁人会看见这一幕。可没有人来多管闲事，等她按摩完毕，隔着衬衫愉快地拍了拍他，他能做的便只有表达感谢了。这位女士真是奇怪极了——但很可爱，他断定。

喝咖啡的时间到了。他转了转暖和起来的脖子，决定不仅要请她喝咖啡，还要请她吃巧克力。他这里的巧克力既有块状的，也有做成糖果式的，专门用来招待优质客户。

“关键是不能丧失主动权。”当瑞士人泡咖啡时，莉季娅聚精会神地打着腹稿，准备发出邀请。

“我很高兴邀请您来我家吃饭。我有厨师资格证，”莉季娅宣称，“会做西餐、苏联各民族的菜肴以及减肥餐。我有在餐厅从事厨师工作的许可。”

这番话正中瑞士人下怀。他早就梦想着开一家自己的小餐馆，可形势一直不允许。

“所以您到底是按摩师还是厨师？”瑞士人极为感兴趣。

“我两个都是。尽管现在我是在教授我们城市的历史。”她回答，谦逊中透着骄傲，“我是一名教师。”

一切都与事实分毫不差。莉季娅在社区少年宫主持地方志小组活动已经一年多了。薪水少得不值一提，不过有很多空闲时间去做她的各种副业，至于钱呢，她有时靠缝缝补补来挣，有时靠编织衣物来挣，有时则靠卖一些东西来挣。何况钱又有多大用处呢。莉季娅从小就是靠兴趣生活的。而她生活中主要的兴趣就是学习。

“哦，我很愿意去您家吃饭。”瑞士人容光焕发，没有掏出他最开始想拿出来的那盒糖果，而是掏出了另一盒更大些的。莉季娅让他颇感兴趣。

莉季娅从窗帘开始着手。她刚一到家，就马上把所有窗帘都拽了下来，放到脸盆里。洗衣服是莉季娅最喜欢干的家务活。她认为干这事能让人平静下来，因此每当遇到不愉快的事，或者仅仅是心情不好，她都会动手洗洗涮涮。不过如今她的心情偏巧好极了，像在一场大考之前一样斗志昂扬。而且仿佛有什么在悄悄告诉她，就像她考过上百场的所有其他考试一样，这一场至关重要的考试她也能考过。只要瑞士人赴约……

她还没回到家就马上意识到，自己失策了，不应该跟他那样约，应该去接他的，不然他很可能会忘记，或者有其他事，比如去大剧院或者去“国立酒店”……他们外国人在莫斯科还有些什么要办的事儿呢？比如去特列季亚科夫画廊……

莉季娅一边洗着窗帘，一边把全部计划仔仔细细地盘算了一遍。当然，没有艾米莉亚·卡尔洛夫娜施以援手是不行的。得去跟她借一些东西来招待客人。不必特别注重小菜，鱼子酱自然是要买的，再来二百克高温熏制的鲟鱼肉，主菜则是真正的俄餐……鱼汤、肉饼……也许再来个鸡肉大馅饼……小块焖牛肉也不赖……但也别弄巧成拙。总之要完成任务……而且穿什么呢？这也是至关重要的一点——可别漏下最关键的……

莉季娅一刻不停地忙了两天，把事全办好了：去了布拉格餐厅，也去了中心市场，还去找艾米莉亚借了银器。艾米莉亚扬起眉毛说，你要这个干什么啊，我不明白。不过她倒也没拒绝，从玻璃橱里取出两件银器、两把小锅铲、两把餐叉，还有一个带杆的双层水果盘。莉季娅知道该怎么正确地摆盘：上面一层要放上葡萄，放一嘟噜，让它像小小的窗帘一样微微垂下……下面则放上两个桃子、一个梨和五个李子。一个苹果也不要。如果是冬天则不然，可以准备安东诺夫卡苹果[1]，而且也不是摆到水果盘里，而是腌渍好，跟蔓越莓一起用卷心菜包起来……她还要了盛鱼子用的珐琅匣子——准能让客人大开眼界！

所有这些至关重要而又精妙幽微之处——如何布置餐桌、清洗衣物、漂染上浆，以及如何正确折叠男式衬衫，如何在冬季保存物品以防虫蛀，如何给小孩子把药片碾碎然后冲服，和许许多多其他事，莉季娅是从哪儿了解到的呢？一部分是从艾米莉亚那里，她对莉季娅言传身教，还有一部分是上课学来的，其他的则是凭空得来、无师自通的，因为莉季娅虽无美貌，却天资聪颖。这一点莉季娅早就暗自察觉了。在她认识的所有人里，只有艾米莉亚一个人比她聪明，至于其他人，常常乍一看

1　一种知名的俄罗斯苹果品种。

像是个最聪明不过的女人，可后来却变得没有她莉季娅聪明了。尽管莉季娅心里清楚，在男人方面她也曾放任自己做过些糊涂事——跟科利亚是这样，跟根纳季也是，但那是很久以前的事了。现如今她已顿悟，自己一辈子都搞错了。不过众所周知，亡羊补牢，为时未晚。

马丁已经迟到了半个小时了，而莉季娅在自己一尘不染的住所里，穿着洁白至极的衬衫，面对着摆好的餐桌，一个劲儿地在门口和窗户之间来回折腾，同时也狠狠地责备自己，跟他约定时怎么会那么傻，要是她早知道会这样，就去索科尔尼基那场展销会上接他了，把他硬拽到这里来……

然而不管莉季娅如何在窗边望眼欲穿，都看不到自己的客人，因为他不是从那个方向过来的，不是从小巷子那边来。这个笨蛋从鲍曼地铁站出来后转错了方向，顶着酷热来来回回地走了四十分钟，直到两个女学生把他带到了目的地。

他按了门铃，带了花，是玫瑰。不是三朵、五朵或是七朵，而是十二朵——没按俄罗斯的规矩来[1]。他浑身湿透地站在门口，额头滴着汗，嘴巴大张，拼命喘着气……“他心脏可不怎么好。”莉季娅马上不安地想到。她的眼光极为老练，也上过医学课程——当时不学医学就没法搞按摩，而她又是那么想当按摩师……

“Ich warte Ihnen so lang...[2]”这就是莉季娅说的话，而他则请

1　俄罗斯风俗，送花需送单数。双数的花只送给死者。

2　德语，意为“我等您等了好久”。

求原谅，可用眼睛来回打量着，扫视着……

请允许我把上衣脱掉，他说。

上衣这回又是灰色的，不过是另外一件，不闪光。他脱了下来。莉季娅双手接过，感觉面料像丝绸一样光滑。或许真的是丝绸？瑞士是最富裕的国家。艾米莉亚以前说过，他们那儿的银行比我们这儿的酒馆都多……马丁淡蓝色衬衫的腋下和后背都变成深蓝色了，是出汗了，这可怜的人。可也没有个浴室。这栋房子是无产阶级风格的，不过谢天谢地，每家还是有自己单独的盥洗室。

这时莉季娅忽然灵机一动。“您到这边来坐一小会儿……”他在她指给他的一把沙发椅上坐下，望着她的餐桌，就像在看博物馆的橱窗一样，嘴又微微张开，看得出来，他就是习惯如此。

而莉季娅则一阵风似的跑到厨房，接了半脸盆的水，双手捧着小脸盆出来，放到他正对面的地板上，然后小心地蹲下，说，不好意思，请允许我……她脱下了他灰色的皮鞋，还有袜子，也是灰色的……

瑞士人瞪大双眼，吧嗒着嘴唇：您这是？您这是？您要干什么……莉季娅说，我们这里通常认为，受了暑气后用冷水泡脚对身体特别好……在额头上敷上一块清凉的湿毛巾也是如此……她说，我是个从医的，了解这些……她是用德语说的，说得磕磕巴巴，但他全都听懂了，点了点光秃秃的头：是的，没错……

还有他的脚，那是一双什么样的脚啊，瞧那脚趾。莫非他还修脚来着？她想起了科利亚那双蹄子似的脚，脚趾上糜烂了，用什么都去不掉——他总说这是穿靴子穿的。靴子总是冒臭味儿，至于是不是我的，没什么区别。不管是人造革的靴子，还是铬鞣革的靴子，穿靴子的爷们儿总是自带臭气……

莉季娅一看见瑞士人的脚趾，就马上预感到：她的人生在此刻就要见分晓了。

她机敏地微笑着。微笑的时候，鼻子一个劲儿地往嘴唇上靠，并不能让她显得好看。她是个聪明人，知道这一点，所以一边微笑一边垂下头，微微转过身去。她说，我们是东方人，在我们俄罗斯习惯这样。

他答了句什么，但说得有点复杂，似乎是表示同意，可用的词她听不懂。没关系，没关系，所有词儿我都会学会的，没什么了不起……瞧，架子上放着本词典，是项大工程呢。

她把他的脚放到毛巾上吸干，把一只袜子穿上、拉直弄平，然后是第二只……他的皮鞋柔软又光滑，不知他们是用什么料子做的鞋，这样的皮子简直可以用到脸上……而他的脸则面无人色：只有一派的惊异和困惑。这样挺好——她让他感到惊讶。

餐巾放在银质的餐巾环里，餐叉上刻着德语花字。“哦哦……这是哥特字体……K.R.……”

“是的。是克里斯蒂娜·伦格，我的祖母，来自里加……”克里斯蒂娜·伦格其实是艾米莉亚·卡尔洛夫娜的祖母。但这并不重要。瑞士人挑了挑眉：还有这事，这个女人真有趣。

祝您胃口好。请吃小菜——这都是用纯正的德语说的。莉季娅到艾米莉亚那里当女仆的第一年就把所有这些吃饭时会用到的小词背得滚瓜烂熟。那时候艾米莉亚那儿养着五个孩子，跟个私人幼儿园似的。最初的这几个孩子她记得很清楚，犹太小娃娃长得都一模一样：有一对姐妹，名叫玛莎和阿尼娅，还有舒里克、格里沙和米洛奇卡。早上他们被送过来，带着小提盒，九点前就都到了，只有米洛奇卡要到九点半才被垂垂老矣的曾祖父送来。艾米莉亚带孩子们到小公园散步，十一点半之前回来，莉季娅给他们脱衣服、洗手，把他们带到房间里。距离中午开饭还有半小时，莉季娅把小提盒烧热，孩子们则玩罗托游戏[1]，彼此只讲德语。Ich habe Nummer einundzwanzig[2]... 吃饭时也说德语。Geben Sie mir bitte[3]... Danke[4]... Entschuldigen[5]... Das ist geschmeckt[6]...

然后莉季娅清洗餐具，孩子们则去午睡：女孩子们睡大床，三个人睡一起，舒里克睡沙发床，格里沙睡沙发椅。睡不睡的其实不重要，关键是不能说话，安静午休。规矩就是这样的。等大家起了床、洗过脸，就开始喝茶。跟茶搭配着吃的饼干由艾米

1　一种抽奖游戏，从一个布袋中抽出带数字的筹码，与谁纸板上的数字相同，便摆在谁的纸板上，先摆满者为胜。也可用图画代替数字。

2　德语，意为“我有数字 21”。

3　德语，意为“请递给我……”。

4　德语，意为“谢谢”。

5　德语，意为“不好意思”。

6　德语，意为“这个好吃”。

莉亚自掏腰包。莉季娅做这饼干轻车熟路：两个蛋黄磨成粉，混半杯白糖，再加上一百克巧克力色的黄油……

“哦，鱼子酱！”“是的，请吃吧……鱼子酱有阿斯特拉罕式的和巴库式的。这是阿斯特拉罕鱼子酱，我更喜欢这种。这种不是黑色的，而是灰色的，颗粒也更小些。很好闻。请吃吧，请吃吧。您来点儿黄油。这是沃洛格达产的黄油。您尝尝，尝得出核桃味儿吗？这是俄罗斯最好的黄油了。我知道瑞士的乳制品非常棒。但这种俄罗斯黄油是一等一的。Perfekt. Sehr perfekt.[1]这是挂锁形白面包，一种特别的俄罗斯面包。Ein russische Brötchen.[2]来一小杯伏特加吧。一小杯就好。祝您身体健康！干杯！”

他只拿了一点点，放到舌头上品尝，往牙龈上挤压，表情小心谨慎——跟艾米莉亚一个样。或许他也是拉脱维亚人出身？他点着头，把手挪到一边。

“这是鳗鱼。在任何一本德语词典里这都是第一个词。Aal.[3]这种鱼生长在波罗的海。瑞士是不养鳗鱼的，不是吗？”

“这是填了羊奶酪的西红柿，是保加利亚菜。我在讲世界各国民族菜肴的课程上学过。有什么受欢迎的瑞士菜吗？瑞士奶酪火锅？千层面？”

“不，那是在瑞士的法语区。我们住在德语区，在我们那片地方，人们爱吃的是土豆布丁。”“这个词我得在词典里查查……”

1　德语，意为“完美。非常完美”。

2　德语，意为“一种俄罗斯面包”。

3　德语，意为“鳗鱼”。因为是以 aa 开头，所以排在词典里的第一位。

真是个超凡脱俗的女人。她的头发多么美丽啊。要是散开的话，样子一定华美富丽，说不定长度会到腰以下。

他吃起饭来多么讲究！那么从容不迫、认真细致，把餐巾放在膝上，也不会把刀叉弄得叮当作响。就像是艾米莉亚手把手教出来的一样。不是为了填饱肚子而吃饭，纯粹是为了享受美，就像人们弹钢琴或是跳舞一样。我们国家的人打死也不会这么吃饭。不过莉季娅倒是碰巧掌握这项技能，都是跟艾米莉亚学来的。

她把装小菜的碟子送到厨房。中途顺便走到衣架前，闻了闻他的上衣，吸了一口——就连下身都燥热起来了。

当她在厨房里把鱼汤从锅里倒入汤碗时，马丁正百思不得其解：在他看来这一切都说不通——他受到的款待非比寻常，他以前不但从没吃过鱼子酱，也压根儿就没想过；餐桌的布置称得上高贵奢华又罕见气派，可这房子却像乞丐住的一样，简陋至极。真是个神秘的女人……还有洗脚呢？她还那么贴心地给他洗了脚！从她这里可以期待得到很多……在跟埃莉莎结婚之前，他有八年的时间一直去找一个波兰女人，每次付给她两百瑞士法郎，而她甚至连瓶矿泉水都没买过，他总是什么都自己带——水、咖啡、饼干……怪不得大家都说：俄罗斯的灵魂捉摸不透。

后来发现，他其实没有那么年轻，尽管他清清爽爽，胖乎乎的，可已经四十八岁了。但他的脸十分光滑，毫无皱纹，晒得黝黑而又均匀，只不过头顶秃了。在其他方面他是个非常非常讨人喜欢的男子。后来她发现，原来在瑞士那边所有人都是这样的，讨人喜欢、干干净净、规规矩矩——这是莉季娅日后才得知的。

在此时此刻，她只知道一件事：在这里是没有这样的人的，哪怕找上一百年，她在这儿也找不到这样的人。也许，女演员或是女歌手能拥有这样的男人，但她自己在这儿从来没见到过这样的人，在艾米莉亚家、在诊所、在师范学校、在马列主义大学都没见到过。哪儿都没见过。

这是鱼肉做的，鱼肉大餐。难道能用普通肉食惊艳瑞士人吗？要用鲟鱼汤和露出馅儿来的馅饼……但别搞得过火。西葫芦是很清淡的素食，浇上了鸡蛋牛奶做的白汁。

要是能有像这个莉季娅一样的合伙人，那明天就可以把餐厅开起来。当然不是开在苏黎世市中心，但可以开在某个讨人喜欢的地方，比如措利孔[1]或者基尔希贝格[2]……莉季娅也是个讨人喜欢的名字……很精致。她的身段也很优雅。她的腰……个子娇小的女人终究还是有魅力的。埃莉莎身材魁梧，从来都跟优雅不沾边。他皱起眉头。

莉季娅猛地一抖："您不喜欢吃蔬菜吗？""我非常喜欢，特别是土豆。您知道吗，我是在农村长大的，当时正在打仗。您可别觉得瑞士没参战，我们的日子就过得很好。我们在战争期间过得很糟糕。食物只有土豆和牛奶，倒是很健康，不过是按农

1 瑞士苏黎世州迈伦区的市镇。

2 瑞士苏黎世州霍尔根区的市镇。

民的做法，很寒酸，量也很少。您的饭做得棒极了。您没在餐厅工作过吗？您应该当主厨的。”

“没有，我只做饭给朋友吃，我非常喜欢招待朋友。”嘿，接招吧，说德语的洋鬼子。“在俄罗斯，人们经常去做客，互相款待，一起烤馅饼吃。”

“您有很多朋友吗？”“不太多。我眼光很高，所以朋友不多。”“嗯，交友的质量确实更重要。质量是一切的根本。我代表的那家公司已经经营了六十年了，全靠生产极为优质的颜料。”

公司属于埃莉莎，这是万恶之源。要是公司是别人的，不属于他俩任何人，是东家的就好了……或者要是公司属于他马丁就好了……但他困于他那从事油漆颜料行业的配偶密不透风的怀抱，有时会从噩梦中醒来，恍惚觉得自己陷入了颜料里，无法从中抽出双腿。他奋力挣扎着，随后发现，那不是他自己的腿，而是苍蝇的腿……

“可以吗？”收走碟子时，她用一只凉爽的手轻触了一下他的胳膊，“喝咖啡还是茶？”

动身来俄国前，他便已生出了一定要在莫斯科找个俄国妓女的念头。可后来才发现，像那种在阿姆斯特丹随处可见的地方（有一次他在那儿找了一个颇有情趣的中国女郎），这里完全没有，而从大街上找女人又太可怕了。尽管她们成群结队地在展销会上走来走去，在他住的“莫斯科”宾馆附近也有很多。但她们都有点儿太年轻了，让人不由得犯嘀咕，跟她们搞在一起会不会卷入什么丑闻。这一点，当他还在苏黎世的时候就有人警告过他了。莉季娅显然是个有鱼子酱和银餐具的正经女人。可当她用赤裸的手轻轻触碰到他赤裸的前臂时，他终究还是猜出来了，也许她……这个念头一下子就让他激动起来。他问，洗手间在哪里。莉季娅带他去了。那里一切都很干净，却简陋得可怕……不过还有鱼子酱呀……他不得不稍微等一下才能尿出来。总的来说，这个女人让他颇感兴趣，这是毫无疑问的。

洗手池设在厨房里。他走了进去。莉季娅正背对着他站着，修长的脖子在灶台上方垂下，那儿正煮着咖啡。两小缕鬈发在她的脖子上打着卷。而她的双腿简直太迷人了，脚踝纤细，有着芭蕾舞演员才有的那种脚背。鞋跟高高的……他等了等，等她关掉煤气、取下咖啡，然后才把他的左手放到她的腰上，用右手把她拉到自己身边。她把脸垂到他的肩头，于是他明白，接下来会一切顺利，甚至会大获成功，因为他跟埃莉莎当初也是一切顺利，只不过颇为潦草，而这回在这儿他却如此兴奋……

他在莉季娅身上埋头苦干直到晚上很晚，完成了自己的月度指标。他以前从未觉得自己是个了不起的人，可在这天，某种伟大的东西在他身上展露出来，而这正是多亏这个有着纤腰的女人，这个与众不同的女人。她神秘莫测，拿得出黑鱼子酱却没有浴室，甚至连淋浴喷头也没有，她有银器和没剃过腋毛的腋窝，尽管如此却很有教养：家中四壁都挂着装了框的证书，至少有八张，她还有名叫 K.R. 的祖母，那名字还是用哥特字体写的……

可她却没有最普通的电话……

是的，没错，有些瑞士女人当然都是些肥胖的母牛……有些波兰女人则太贪婪……有些中国女人不过是为了钱出卖自己……这个俄罗斯的莉季娅则是令人赞叹，俄罗斯的灵魂真是让人捉摸不透……这句话他不知是从哪儿听来的，也不知是谁说的：也许是他们俄罗斯伟大的作家列夫·托尔斯泰或是一个来自尼德多夫[1]的中学教师说的吧……

随后，半夜时分，他们又一起配着黄油和挂锁形白面包吃了黑鱼子酱，喝了香槟——很拿得出手的香槟……如果她是个女教师的话，她哪儿来的香槟呢？……他明天（其实已经是今天了）就要走了，可他甚至都没办法送她一份精致的礼物……总的看来，她出身非常规矩正派的家庭，或许来自贵族之家。她的容貌如此招人喜欢，而且从种种细节都能看出，她是个有品位的人。而且她厨艺还那么好！俄罗斯有很多贵族，不像瑞士，俄罗斯既有伯爵，又有公爵，还有男爵……不过也许正相反，她是克格勃的秘密工作人员？接受了任务才跟踪监视他？这种念头让他的下体都变冰冷了。不，不可能是这样……

莉季娅勇敢地前去谢列梅捷沃机场给他送行。那里隆重气派，散发着强烈的异国气息。当然，他们交换了地址，但这不过是一片烟雾，一片幻想的烟雾，也毫无意义。唯一有意义的是，莉季娅前所未有地幸福过一阵儿。但她已经明白，她这段幸福

1　苏黎世老城的一个街区。

时光的最后几秒钟正在消逝，以后她再也见不到这个如此与众不同的马丁了，根本就遇不到这样的男人，他身上甚至连汗臭都没有，就像天使一样……

马丁在飞机上一眨眼就睡着了，一直睡到苏黎世。而莉季娅呢，刚一坐上去航站楼的巴士就哭了，一路哭到家，在地铁里也在哭，沿着小巷子往单元楼走的时候也在哭。

到家后莉季娅洗了把脸（她本来也不是多愁善感的人），把之前还剩下一些的鱼子酱吃完了，把东西全都洗刷干净，收拾好艾米莉亚的餐具和银器，把每样都用报纸单独包好，中间垫上纸板防止磕碰。她把东西都放进一只包里，好在明天上课前给艾米莉亚送去……

马丁刚一走，她突然冒出来很多工作要做：增加了两次按摩；少年宫的主任订制了一条用马海毛编织的裙子；她整个夏天都坐在课外活动办公室里打哈欠，可现在假期快结束了，孩子们开始聚集起来，每天都来东张西望。但如今最重要的事还是学德语和寄明信片。莉季娅决定：去上新课是第一步，寄有俄罗斯画作复制品或是自然风景图案的明信片是第二步。

她每周都寄：把明信片装进信封，贴上好看的邮票，在明信片上写上几句话，诸如“这里展现的是我国北方大自然最美丽的景色之一。祝您幸福健康，工作顺利。莉季娅”或是“这是俄罗斯著名画家苏里科夫的画作《近卫军临刑的早晨》，描绘了年轻的沙皇彼得一世粉碎姐姐索菲亚的阴谋这一历史事件。祝您幸福健康，工作顺利。莉季娅”。这样既显得很有文化，也不招人讨厌，还能提醒人家记得她。

明信片不是寄往家庭地址，而是寄到某个寄存书报的格子里。而且拜奇怪又任性的邮政服务所赐，莉季娅的明信片过了两周才寄到收件人那里，而她收到马丁的第一封信时，已经过了将近两个月了。她之前似乎自信满满，觉得肯定能收到回信，可真的收到信后也发自内心地认为这是个奇迹。也就是说，她确信会发生奇迹，她会收到马尔迪克[1]的信——她打第一天起就在心里这样亲切地称呼他了。

莉季娅牢牢记住了那一天的全部细节——早上，她从邮箱里取出那个白白的信封，它白得跟昏厥时头脑里的空白一样白，邮票上描绘着山地风光，信封上用纤细的字体写着地址，一切都跟电影里演的似的。她摘下一只皮手套，用赤裸的手取出信封，尽管当时她必须马上走才能不迟到，她还是上楼回家，脱了外套、套鞋，坐到桌子旁读信。可她从信封里拿出来的第一样东西却是一张照片：照片上，马丁穿着及膝的白色短裤和白色圆领衫，站在篱笆旁，手里拿着一副网球拍。这简直让人心跳都停止了……

而信封里是怎样的一封信啊！让人赞叹！正中间是称呼："Meine liebe Lidia![2]"页边齐齐整整，就像被一条看不见的带子划

1 马丁的昵称。

2 德语，意为"我亲爱的莉季娅！"

分过一样，而且每一句都另起一行。奇怪的是，尽管字写得十分清楚，却让人一个字都认不出来。他写的所有字母都有点不太对头。

总之，她把信折起来，放到大纸袋里，然后赶紧跑去上班了，因为那天一早要跟一些六年级学生一起到“红色十月”工厂进行地方志游览。

傍晚，艾米莉亚·卡尔洛夫娜起初把信拿在手里摩挲了很久，全方面地研究它，又带着全新的兴致打量莉季娅：这个丫头可以说是她一手培养起来的。当年她在莫斯科郊外租了个别墅，那是1958年——伊万·萨韦利奇那时候还在世，所以没错，就是在1958年——女房东的外甥女，不知从白俄罗斯什么地方来的孤儿莉德卡在那里服侍他们，料理家务。小姑娘性格文静，饱受折磨，资质平庸—— 一开始给艾米莉亚·卡尔洛夫娜留下的印象就是这样。不过在她动身离开的前一天，她终于还是决意要把她带走。她跟女房东开了口，那人叫什么来着……不记得了……对了，叫娜斯佳，对方很乐意放这小姑娘走。那时她还没满十六岁，到了莫斯科才领的身份证明，是伊万·萨韦利奇，一位退休的上校，通过自己的人事处办的手续。他好像是把她登记到了工厂宿舍里，可她其实是跟他们一起住，住在厨房。

如今，艾米莉亚郑重其事地拿着这封信，对莉季娅刮目相看：真棒，真了不起，小姑娘！从一无所有的境地起步，赤手空拳地把日子过得红红火火：受了教育，有了自己的房子，甚至还提升了自己并不出众的容貌，终于算是拥有了自己独特的风格。如果说老实话，艾米莉亚的亲生女儿洛拉都没能爬得这么高，从相对意义上来讲……艾米莉亚·卡尔洛夫娜挺想告诉莉季娅，她在战前常去苏黎世，跟奶奶一起，还去过日内瓦，也去过巴黎，但在任何时候也不向任何人吐露关于自己的只言片语的习惯实在过于强大了。自打1945年她邂逅伊万·萨韦利奇以后，她便明白，如今自己生活中最重要的事就是保持沉默。伊万对她极其依恋，可要知道，就连对他，一位内务人民委员部的大尉，艾米莉亚都不曾讲过自己的任何事。只让他了解到，自己来自一个贫寒的拉脱维亚家庭，爸爸是个能干的工人。唔，在我们拉脱维亚，专业人士总是很受器重的。他是个制造工具的钳工，是最出色的那种！伊万自己就是工人出身，很敬重这一点……至于艾米莉亚的爸爸是被游击队员打死的，当时他正在德国人那里当拉脱维亚特遣队的指挥官，雄心勃勃地执行“Judenfrei[1]”计划——这一点她就没有跟伊万提过了……

莉德卡也是个闷葫芦，心里明镜似的，嘴上什么也不说。她也在沉默中保守着自己的秘密。她的父亲在红军解放白俄罗斯后被捕，在1944年被枪毙，罪名是犯了反对苏维埃政权的什么罪过。莉季娅不知是忘了，还是毫不了解。父亲身后留下了十一个孩子和一座烧光了的木屋。十一个孩子里只活下来三个，彼此也不想见面，而是各奔东西，风流云散。听说哥哥当了军

1　德语，意为“除掉犹太人”。

人，姐姐也不知是住在纳尔奇克，还是皮亚季戈尔斯克。一切都被永远地遗忘了。艾米莉亚如此，莉季娅也一般无二。

但艾米莉亚几乎算得上是个美人儿，个子高挑，胸部丰满高耸，染过的头发在额头上方梳成圆蓬头，臀部则翘得像一只梨……像两只梨。伊万·萨韦利奇还没分到公家住宅时暂住在她的房子里，而等分到了房子，他已不是孤身一人，而是跟艾米莉亚一起搬了进去。他还接纳了艾米莉亚的女儿洛拉，后来还让她姓了自己的姓氏。

所有纸质的老物件：照片、各种证件、证书、信件都在大大小小、偶然和故意的火灾中被明火烧毁了，只有银器和精美的餐具从昔日的时光中幸存——伊万·萨韦利奇也没反对。他很快就由俭入奢，放弃铝盆儿改用银器轻而易举，反过来就要困难多了。不过他也没有必要反过来。一直到他去世，艾米莉亚都十分讨他的欢心，这倒不是因为她有多爱他，而是因为她是个正派女人。她还把莉季娅也培养了出来，可教导自己的女儿洛拉却不是很成功……

这封信显然出自一个正派人之手，这是毫无疑问的。他感谢莉季娅给予的非同一般的招待，承认自己还从未跟这么有文化的女人打过交道，还暗暗提到了她无与伦比的女性优点，随后告知她，自己当时无法马上向她坦白自己的已婚身份，因为起初他觉得这一点也不重要，而到了后来，他又不敢提及此事让她伤心难过了。他也没能料到，回到瑞士后他会常常想念她，她是那么让他魂牵梦绕，导致他的夫妻关系彻底搞砸了。如今他在考虑自己的未来，因为需要做出一些新的决定，这十分困难，所以他有些不知所措……

艾米莉亚把信读完一遍后，莉季娅也能读懂他写的话了。他的字母 r、字母 n 和字母 k 都写得很奇怪，字母 i 写得像字母 t，但习惯了就能读懂了。在这之后，莉季娅打出了王牌——给艾米莉亚看了那张照片。艾米莉亚端详了很久，然后下了断语：

“莉季娅，记住，这个很重要。要好好干，但别抱太大的希望。这事儿很不容易呵……”

“而我家洛拉是个笨蛋，笨蛋。”艾米莉亚恼怒地思忖，“她条件这么好，却偏偏选了那个不值一提的犹太人热尼亚……”她说，你用俄语写回信吧，我来给你翻译，让文字看上去得体。

莉季娅写了三天三夜。回信让艾米莉亚大为震惊：文字何止是得体，简直是优雅！

但这封信更是让马丁的妻子大为震惊。她在丈夫的抽屉里寻找一张丢失了的发票的复印件时，发现了一摞十二张美术明信片和这封优雅至极的信，从信中可以得出结论：马丁在俄罗斯搞了个女人。这一点埃莉莎早已根据一些迹象猜到了。于是一场家庭丑闻爆发了——已发生的事情证据确凿。马丁本来可能会按下自己这段风流韵事，而它就会自然而然地成为他那总体而言微不足道的性爱传记的小插曲之一，莉季娅也会跟之前的波兰女人以及后来一夜之欢的中国女人归为一类，成为一夜之欢的俄罗斯女人。但埃莉莎不依不饶地把家庭丑闻闹大了，恶意攻击马丁在男性能力以及各方面都一无是处，而那时他已经明确知道，自己颇有能力大展雄风，如果女方以赞赏的态度对待他，还把他累得酸疼的双脚泡在一盆清凉的水里的话……于是，凭着一种神秘的、仿佛是向人借来的勇气，他平静而又充满尊严地告诉埃莉莎，没错，他是爱上了一个俄罗斯女人，已经准备对此加以克制，但如果她埃莉莎如今希望离婚的话，那么他马丁也不反对。

埃莉莎从让人厌恶的鳄鱼皮手包里往外掏那摞明信片（上面的俄罗斯风景很能说明问题）和那个装有莉季娅优雅回信的小信封，意味深长地挑了挑眉，含含糊糊地说了些关于律师的事。马丁就算没有律师也心知肚明，自己十二年来的油漆颜料事业将会被窃取，至于这番事业是由他一手振兴的，埃莉莎和兄弟分家后公司名下的债务也是由他结清的，这些一丝一毫都不会被考虑在内，他的全部付出都会化为乌有。也许他只能拿到房子的一部分钱，即便如此，也还不知道埃莉莎到底会怎么处置这封信……当天晚上，马丁给莉季娅写了一封计划之外的信，信里说他会来俄罗斯过圣诞节，还写了另一封信，是写给律师的，信里请求对方跟自己约时间见面。

离婚程序以及财产分割用了一年多的时间，但结果意外地对马丁十分有利。他不是公司的共同所有者，但埃莉莎没给他付过薪水，如今她被责成要为马丁十二年来的劳动支付补偿金，而且金额极为可观。

在缔结新婚之前的两年半时间里，马丁见到莉季娅的时间正好是六天，分成两次。他确信莉季娅是个活宝贝：她的按摩技术、她的体贴入微、她的烹调手艺、她的床上功夫……都是一等一的。

他和莉季娅共同决定，为了完成宏图伟业，他们要限制见面的次数。马丁拼命攒钱：离婚后，埃莉莎出人意料地提议让他作为雇员留任。马丁认真考虑了一下就同意了。如今他干活拿的薪水很不错。有了补偿金，再加上金额相当的一笔钱，二婚后就可以开一家小小的餐厅了……

莉季娅这边则一心一意地为新生活做着准备：带着神秘的微笑，她提交了离职申请，从文化领域急剧地转行到了公共餐饮业——在“中央旅馆”的餐厅里给厨师当助手。那里做的是俄餐。但莉季娅很快就发现，菜肴做得不够精致……外国人又怎么会懂得点菜呢？无非是点些配鱼子酱的薄饼、红菜汤、伏特加——真没什么高深的。可或许也不需要怎么高深。此外，莉季娅把这一行如何组织生产的一切精微门道都吃透了。过了大约三个月，她确信自己在“中央旅馆”再也无事可做，所有能在那里了解到的东西她都已经搞到手了。新的任务浮出水面：再多挣些钱，给自己置办嫁妆，好让自己动身去苏黎世的时候不是一个衣衫褴褛的穷女人，而是一位真正的俄罗斯淑女。

需要买一件用卡拉库尔羊羔皮做的毛皮大衣，像艾米莉亚的那件一样，要灰色的，还要买钻石戒指和耳环。莉季娅还想给将来的餐厅采买一些绘有霍赫洛玛[1]金底红花装饰画的餐具——有何不可？只不过问题在于怎么把东西运出去……她不再给马丁寄送北方的自然风光了，而是寄了一套印有霍赫洛玛式鸭形斗和勺子的明信片——他对她的品味表示赞许。

长话短说，终于有一天，莉季娅收拾好两个行李箱，里面装着所有在瑞士穿着不会觉得丢人的好东西（她错了，只有马丁给她送来的衣物派上了用场，她自己的后来全都用来当抹布了）。她买的是火车票，为了省点钱。于是，她从白俄罗斯车站动身前往那个名叫“苏-苏黎世”的城市，这名字念起来像是在唠叨，又像是在沙沙作响。那里的地下堆满黄金，列宁就曾住在那里，坐在利马特河岸边的“剧场”咖啡馆里，吃着果馅卷饼，在马克思的著作上撒下甜美的碎屑……念出“苏-苏黎世”这个词时，嘴里的味道也变甜美了……

在包厢里，莉季娅挺直脊背坐着，把头向后仰，坠向沉重的发髻一侧，不时机械地用拇指摸摸鼻尖——通常，每当她大张着嘴咬东西时，鼻尖上总会留下口红印子，所以她时常要加以补救。窗外闪过俄罗斯故乡的风景，莉季娅在过去的两年半里一直梦想着这一刻。当火车开动时，她突然动了感情，想起了那些雪白的白桦树——窗外此时正绵延着杂草丛生的灌木和郊区的垃圾场——她似乎是开始思念故乡了。可有什么可思念的呢，

1 一种俄罗斯民间艺术，多为在木器上绘制的金底红色或黑色花叶图案。

她在这儿就剩自己一个了，尽管还有百万个穿人造革靴子的科利亚，百万个像娜斯佳姨妈那样的大婶——要知道，她可一次都没打听过自己的外甥女在城里是死是活……只有一个亲近的人，就是艾米莉亚·卡尔洛夫娜。只有她一个人懂得莉季娅，不言而喻。Selbstverständlich.[1]

跟她同包厢的是两个上了年纪的波兰女生意人，她们用泛斯拉夫语问了她点什么，可莉季娅实在心乱如麻，便十分坚定地对她们说（也完全出乎自己的意料）："Entschuldigen bitte, ich verstehe nicht...[2]"于是波兰女人马上明白，自己问错人了，把她当成了俄罗斯人，尽管她显然是德国人，身上穿着资产阶级质量优良、针织毛料的衣服，手上戴着戒指……

唉，马尔迪克，马尔迪克！他真是生活赐予她的奖赏，特别是在倒了两趟车以后！他在苏黎世的车站接她，穿着毛茸茸的深绿色大衣，戴着同样毛茸茸的帽子，帽檐窄窄的，后梢微微翘起，侧面还插着一根花花绿绿的小羽毛。可真迷人。他身上还有古龙水的香味，也不像俄罗斯男人那样自己拎行李箱，而是招手叫搬运工。他还亲吻莉季娅，挽着她走路……四周洋溢着的异国氛围就连电影里都没演过。比方说吧，有一部关于罗马的电影，莉季娅记得清清楚楚，那里面又脏又乱，遍地废墟，跟她们这边没差多远，吃的东西也很可怜，像她们这边似的，都是

1 德语，意为"不言而喻"。

2 德语，意为"对不起，我听不懂"。

些通心粉，还在电影里展示出来。他们为什么不肯展示国外真正的样子，原因显而易见。莉季娅在马列主义大学里的两年书不是白念的，那里把所有人的头脑都搞糊涂了……

在苏黎世的第一年是最幸福的。资金暂时不够租下一个合适的地点来开餐厅，所以他们的日子过得很俭省，只租了一间工作室，而不是一套房子。那么小小的一个住所，租金却……莉季娅没料到，在富裕的瑞士什么东西都那么贵，尽管她聪明灵巧，能很好地适应环境，可日子还是过得紧巴巴的。马丁亲自盘点所有花销，他懂会计学。莉季娅马上就想找份工作，他起初并不允许，不过后来还是同意了。莉季娅把自己所有的证书都翻译成了德文，被录用为修甲师。她的事业搞得很顺利，甚至让马丁感到惊讶。年底的时候，他们为餐厅租了一个绝佳的位置，那里以前是个食堂，这也是个优点，因为当人们习惯了在这个地方吃饭时，就还会循着旧日的记忆前来的。

马丁写信把自己的一个表亲从农村叫了过来。那是个单纯朴素的女人，实际上就是个乡下人，尽管穿着打扮像个城里人，但也不是很像。莉季娅已经开始明白一些事了，甚至可能比艾米莉亚·卡尔洛夫娜懂的还要多，比如在哪些商店买东西的人要穷一些，在哪些商店买东西的人要阔一些。马丁也很懂这些，因为他的前妻埃莉莎出身富裕之家，教给过他。如今莉季娅明白，国外跟国外也是不一样的。当然，细节上还有些令人费解的地方，比如，为什么英国商店比瑞士的还要贵呢，货物在质量方面完全分辨不出区别，无论你怎么试。法国货也是，好看倒是好看，可不结实，质量一般般。意大利货就更没什么好说的了。

餐厅开业前，马丁发了公告，又遍请熟人，还在附近四处张贴传单："俄罗斯之家"餐厅欢迎您来品尝俄餐。他们雇了一个俄罗斯侍者，这人有点古怪，是流亡国外的[1]，不是纯俄罗斯人，但"红菜汤"这个词说得还挺地道。另一个侍者是个本地的小伙子，只雇来帮一次忙。

餐厅开业的第一个晚上大获成功。这是莉季娅人生中最后一个幸福的日子。转天清晨，一切都结束了。他们一般在六点起床，马丁这次却没有醒来，一直昏睡着。莉季娅起初不想叫醒他，觉得他是累了，让他把觉睡足好了。到了九点，她开始叫他，可他就是不醒，只是侧身躺着，一只胳膊摆得很不得劲。莉季娅碰了碰——胳膊冰凉。他倒是还在呼吸，可是完全没有知觉，而且身子异常沉重。人们叫来了医生，马上把他送到了医院。他是中了风。全完了。她当即计算了一下：自己的幸福生活只持续了一年零二十一天，从她来到这里到遭受这一打击为止。接下来的就是一场噩梦了。

唯一一点好处是——那里所有医院的条件都跟克里姆林宫医院一样好。护士什么都管：既管换尿布，也管喂饭，就连晚上值班看护也是免费的。当年伊万·萨韦利奇得癌症住院的时候，她、艾米莉亚和洛拉三个人忙得筋疲力尽。所以莉季娅明白，她

1　指第二次世界大战中德军从占领区强行带走送往德国强制劳动，后来散居各国的人。

能到瑞士这个地方来是多么走运。一开始通过打针给马丁注射营养液，后来护士开始喂饭。他有三个月的时间一动不动，甚至不清楚还认不认得莉季娅。有一回好像是认出来了，有一回又没有……他没法走路，但人们让他坐上了轮椅。莉季娅每天早上来看他，要坐两趟公交车，花上三个半小时。而餐厅还在营业中，又要采购，又要做菜，哪儿来的时间呢？她去驾校报了名——车倒是有，可她没有驾照。她责骂自己真是个蠢材，是个傻瓜，学了那么多没用的东西，却偏偏没学会开车。上课要花三个月，一周三次，每次四个小时。这是苦役，不是生活。赶上好时候她能睡五个小时，糟糕的时候连三个小时都睡不到。她心疼马丁，只是没时间去怜惜他。他就像个小孩子，后脑勺上的茸毛压得扁扁的。莉季娅刚一把他带回家，就把他收拾得干干净净，开始每天给他做按摩，每次一小时。医生们都说他无法复原了，可他麻痹了的左腿逐渐开始变得强壮起来。又过了三个月，他已经能够站起来，扶着椅背站着了。

而餐厅则经营得有声有色，莉季娅并没有把它抛在一边不管。当然不得不做出一些简化，推出像我们这边的那种套餐。瑞士的生活原来竟如此艰难，什么东西都得付钱。水、电、汽油、垃圾清理，都要花钱，而纳税则另有门道。又得去上课，因为没有人会无偿跟你说一个字。莉季娅起初非常喜欢瑞士民族的彬彬有礼和干净整洁，可他们城府也很深。以前在老家的时候，莉季娅觉得自己是最聪明的，可在这里，原来所有人都那么聪明，预先就把什么都算计好了。

这家俄餐厅之所以合瑞士人的口味，正是因为他们很快就盘算清楚，在这儿吃饭实在是物美价廉。如果莉季娅不是一个人打拼的话，她经营一年后就会扩大场地，还可以搞个夏天的凉台，而且她租用更大的场地时也不会瞻前顾后了——要是马丁是个健康的人，而不是一个彻底的残废的话。

但无论是伤心难过，还是深入思考，她都没有时间，因为事情太多了：早上给马丁洗脸，然后做按摩，让他解手，再然后给他喂饭。每两天去特姆卡夫人的农场买蔬菜，去肉铺买肉。鱼是由卖家送到家里来，食品杂货则由她自己去批发商那里买，不过是两周去一次。她一个人做饭。当然，一切都是经过深思熟虑的，她不得不买了一台工业冰箱，把很多食材冻起来，尽管她不会跟任何人承认有这回事。他们瑞士人通常是不冷冻食材的。制作小薄饼用的馅儿她一周做一次，然后冻起来。鱼自然是不能冷冻的，不然口感会大打折扣。如果说老实话，瑞士人在烹饪方面不怎么懂行。他们只看重菜的分量。

莉季娅一整年都战战兢兢，生怕无法收支平衡，可到了年底才发现，原来不仅收支十分平衡，还有些赚头。她把这笔钱存到银行里，放在自己名下。正是此时她才明白了瑞士生活的意义。要是马丁身体健康，她笼罩在婚姻幸福的迷雾中，或许还看不透这一点。可既然这种幸福已然结束，她便恍然，在这里，幸福是用数字来体现的。数字越大，幸福越深。也不仅仅靠单纯的数字，还有很多细微之处：还得有人能评判你的成功大小，根据一些不起眼的特征来推测你的智慧和天分高低。她在一年里粉刷了两次栅栏……在阳台上新种了一些花儿……挂上了英国式的窗帘……谁又懂得呢……鞋子是巴利[1]的，外套是洛登缩绒厚呢做的。艾米莉亚·卡尔洛夫娜不在这里，要是她能看一眼就好了。

马丁那个乡下表亲被莉季娅赶走了，她只会碍手碍脚，尽管是土生土长的瑞士人，却对过日子一窍不通。莉季娅雇了其他的帮手来代替她，包括一个能干的南斯拉夫女人，对方也嫁了个瑞士人。还有一个帮手是个相貌十分丑陋的瘸腿女人，但做起事来麻利又干练。莉季娅把灶上一些不太复杂的事项也托付给她。同样到了后来才发现，她不是真正的瑞士人，而是犹太出身。还雇了个侍者，是个意大利人。不过众所周知，所有意大利人都是天生的侍者：彬彬有礼，面带微笑，风趣幽默，可手脚也不干净。不过，从莉季娅这儿是偷不到什么的，她盯得很紧。口碑可不是闹着玩儿的，用钱也买不来。它就像种子一样，种到花盆里后，浇浇水、施施肥就会生长起来。一年，两年，三年……一年，两年，三年……

马丁变瘦了，苍老了，成了个小老头儿。莉季娅在俄罗斯时刚刚够被归入丑姑娘行列，在这里却被视为一位讨人喜欢的女士，有时候甚至会被错认为法国女郎。她从头开始教会了丈夫走路，

1　瑞士的高端时装品牌 BALLY。

如今他拄着拐杖一瘸一拐地在家里走来走去，还到他们的小花园里散步。莉季娅给他买了条纯种小狗，是条灰色的小型卷毛狮子狗，她给它起名叫米洛克[1]。养米洛克特别费钱——一会儿要打疫苗，一会儿又要看兽医。不过事实证明，在这方面莉季娅也没有失算。瑞士人喜欢动物，一些夫妇来吃饭，他们的孩子就跟米洛克一起玩，回去后还会要求父母再带他们来跟这只俄罗斯小狗玩。这是些很不错的主顾。孩子们把马丁称为“小狗的爷爷”。

等到把俄餐厅和残废丈夫彻底安顿好，生活也走上正轨后，莉季娅按照老习惯，又去上课了。她学了两年法语，然后学会了，这是自然的。有时候想学英语……她还想学山地滑雪，但把餐厅、马丁和米洛克放下几天不管是不可想象的，尽管如今她已经不需要站在灶台边，已经有了两名厨师，都是她手把手教出来的。她一周去游两次泳，有时候会去妇女俱乐部，在那里跟其他女商人聚会。她接触过一次女商人群体后，第二次就意识到，自己在生活中得到的认可还不够多。这些女人也个个穿着巴利牌的鞋和水貂做的毛皮大衣，戴着“东方”牌手表，对她们而言这就是普普通通的生活。为此莉季娅甚至感到气恼，也没办法跟她们解释，说她们都是些愚蠢的家鸡，而她莉季娅则是只一飞冲天的鸟儿，因为她们都是在瑞士出生的，从小在蜜罐里长大，而她莉季娅则出生在有着泥地面和茅草屋顶的木屋里，十五岁以前不是穿毡靴就是打赤脚，直到到了莫斯科，走了大

1　意为“老弟”，是对男子的友好或亲昵称呼。

运在一位好心的东家那里当女仆，这才头一回搞到裤子穿，在那之前她一直是不穿裤子的，就像所有白俄罗斯农妇一样……一种懊恼之情在她心中油然而生。一个被压制住的、未经深思熟虑的昔日梦想就像疾病的萌芽一样，开始萌生、成形，并逐渐变得清晰起来。办公笔记本的最后一部分通常专为满足个人喜好而设，女商人们一般在那里记录跟情人、妇科医生或是整形大夫的见面日期，而莉季娅则在那里列了一个小清单，罗列自己去莫斯科之前都要买什么东西、买多少件。那里住着世界上唯一一个能够评判她莉季娅的伟大飞升的人……

就像办其他事情一样，莉季娅一上来就把一切都认认真真考虑周详。她跟莫斯科方面已经没有任何联系了：艾米莉亚·卡尔洛夫娜在分别时对她说，祝她一切顺利，但请她不要写信，也不要打电话过来。那时候洛拉已经开始遇到第一波麻烦事了，因为她的丈夫热尼亚签署了某个文件，又口无遮拦，不可避免地给家里惹来了麻烦。洛拉则一味看他的脸色行事，没有自己的头脑，也完全不听母亲的建议。艾米莉亚·卡尔洛夫娜憎恨苏联政权，但一直将自己的感情隐藏在被法令取缔了的灵魂深处[1]，因而极为鄙视傻瓜热尼亚，他像只愚蠢的鹦鹉一样喋喋不休……至于莉季娅在少年宫以及其他学习和工作过的地方认识的

1 根据作者所言，此处指苏联政权取缔了宗教并宣称上帝不存在，相应地，灵魂也就不存在了。

熟人呢，根本不值得为她们花邮票钱。只有一个信得过的女友，是邻居瓦利娅，莉季娅起初跟她保持着一点微弱的联系，但自从马丁出了事，莉季娅也就不再给她写信了。有什么可写的呢？

如今，莉季娅给瓦利娅写了封信，请她给艾米莉亚打个电话，了解一下她日子过得如何。瓦利娅不负所托，确实给艾米莉亚打了电话，之后告诉莉季娅，他们过得还跟以前一个样，都还在老地方……

莉季娅买了一个很棒的旅行包——到那时为止，她还没去过任何地方旅游，所以也没置办过什么包。然后，她开始按照清单给艾米莉亚买礼物，决心要给她买从头到脚的全套衣物，全都买最好的，就像给新生儿买衣服一样买一整套……如今莉季娅把空闲时间消磨在商店里。圣诞节过后开始大甩卖时，她已结束了自己的采购行动，这花了她将近半年的时间。印着方格图案的旅行包内部装入了价值将近三千瑞士法郎的头等货，有家用布品、长袜、连裤袜、凉鞋、便鞋、靴子、针织毛料衣服和丝绸衣服、短上衣、帽子、披肩、包包、手套。全都按大小深浅顺序排列好，因为莉季娅是个有品味的人，这还是艾米莉亚教出来的。

女士手包里还有一只装在盒子里的“东方”牌金表，连那盒子本身都是瑞士的艺术品。

然后莉季娅订了去祖国首都莫斯科的三日游，住在“莫斯科”酒店。

自打莉季娅第一次送马丁去苏黎世（在那场又给洗脚、又供应黑鱼子酱的决定命运的难忘大餐后），十年多的时间匆匆而过。谢列梅捷沃机场旧貌未改。“母鹅莉德卡”没有变成美丽的天鹅，但她身上旧日的痕迹也无影无踪了。如今她是瑞士公民格罗皮乌斯夫人，穿着看上去颇为低调朴素的斗篷外套，柔软的衬里是用袋鼠皮做的。搬运工在她身后拎着她那小巧的行李箱和旅行包，来迎接她的是“国际旅行社”的翻译，一个克格勃低级尉官，面带公式化的微笑，手里拿着一张写着莉季娅姓氏的纸。出租车把她们送到了练马场广场。莉季娅一路上一直恶心反胃，是激动导致的。翻译用蹩脚的德语跟她交谈，她没显露出自己会说俄语。何必呢？她在餐厅二层吃了晚饭，吃的是首都沙拉和肉冻。她只尝了尝就把叉子放到了一边，还是觉得反胃。

转天旅行社安排她在市内游览，带她看了博罗季诺战役全景博物馆和列宁山上的那所大学[1]。她在“中央旅馆”的餐厅里吃了午饭，吃的是俄餐。领班侍者还是之前那个人。对方自然没有认出她来。晚上去了大剧院，看芭蕾《天鹅湖》。她坐在第三排，穿着紫色的丝绸，佩戴着箭头形状的钻石胸针。她身旁坐的是几个美国人，其中一个女的戴着卷发器，还在卷发棒上罩了顶尼龙尖顶帽。他们计划看完演出后去餐厅，看样子她需要在晚饭前把头发卷好。芭蕾演出精彩绝伦。她跟马丁在苏黎世从来不去剧院转悠。以前在莫斯科时她倒是经常能搞到票——塔甘卡剧院[2]的票啊，莫斯科戏剧剧院的票啊……

1 即莫斯科国立大学。

2 设在莫斯科近郊塔甘卡的一座剧院，成立于 1946 年。

次日是周日，她跟翻译说自己头疼，今天的行程取消。对方建议叫个医生，但她拒绝了，尽管她确实头疼，而且又开始反胃了。下午两点，她拿了包，走出了酒店。坐出租需要五分钟——艾米莉亚住在马雅可夫斯基地铁站旁边。莉季娅在第二特维尔驿站街的一栋灰色砖房那里下了车。这栋房子在角落里，位置颇为奇怪，是战后为国家主要机关[1]建造的。伊万·萨韦利奇在退休前分到了这里的一套两居室。莉季娅上了四楼。她回想起约莫三十年前自己第一次来到这种豪宅时的情景。煤气、电力、热水器、浴室和盥洗室——这些她都是头一回见识到。

门铃还是以前那个，黑色的小圆木片上一个白色的按钮。她按了按，铃声也跟以前一样。没有人问一句，门就开了，是洛拉。“您找谁？”“找你们，找艾米莉亚·卡尔洛夫娜。我是莉季娅。洛拉，你没认出我来吗？”

“亲爱的莉季娅！好莉季娅！是上帝把你派来的吧！”洛拉很是喜悦。

在那些年里，每个外国人都是珍贵得不得了的宝贝：通过对方既可以转寄信件，也可以转寄文件。要是走公家的邮局的话，会被透光详细检查。但莉季娅气恼地发现：哟呵，她带着个包从苏黎世来，就成了“亲爱的莉季娅”，以前洛拉对她可是挤眉弄眼不屑一顾的。这也就是为什么她在包里什么都没给洛拉准备。

接下来，莉季娅吸了一口这套老房子熟悉的味道，脱下了皮

1 指内务人民委员部。

鞋。真让人抓狂：鞋柜里放着的鞋子莉季娅了如指掌。“给客人用的”棕色家常便鞋，还有两双童鞋——那是老本行留下的痕迹。

“现在还有小孩儿来吗？”莉季娅微笑着问。

洛拉摆摆手：

“哪儿还有什么小孩儿啊……”

莉季娅走进大房间。曾几何时，那里聚集着私人幼儿园的孩子，摆放着一张长桌、六把椅子，还有一台钢琴，艾米莉亚·卡尔洛夫娜用它死气沉沉地弹奏波尔卡和华尔兹，孩子们则伴着音乐跳舞，大沙发旁边还有张小桌子，盖着手纺布做的毯子……飘窗那边，背对着门放着一把轮椅，样式笨重，是病人用的，铁皮涂成了白色。椅背上方耸立着一个颜色斑驳、毛发蓬松如同蓬巴杜夫人的头。洛拉走近飘窗，转过轮椅，让艾米莉亚·卡尔洛夫娜回到人世间来。

她的样子太像马丁了，仿佛是他的姐妹、母亲或是祖母。绝佳的皮肤雪白而又松弛，小巧的下巴，下面像高领一样露出松松垮垮、近乎透明的双下巴，娇嫩的皮肤在淡蓝色的眼睛周围形成一圈圈眼纹，还有那种带有歉意、歪向一边的微笑……只不过马丁的鼻子短短的，鼻孔突出，而艾米莉亚·卡尔洛夫娜的鼻子修长，鼻尖很尖，还带着鹰钩……

“妈妈，你看谁来了！是莉季娅！你记得莉季娅吗？”

艾米莉亚·卡尔洛夫娜右手紧紧攥着一副纸牌，也不知是在单手翻检它们，还是只是在抚摸。老东家在世上最喜欢做的事就是摆纸牌阵，莉季娅把这个忘得一干二净。她本来应该买纸牌的！我怎么把这茬给忘了，这个念头在莉季娅脑海中一闪而过。

“艾米莉亚·卡尔洛夫娜，我是莉季娅。您认出来没？”

艾米莉亚·卡尔洛夫娜露出马丁那种客客气气的微笑，嘴角涌出圆珠般的口水。

“她这样很久了吗？”莉季娅问。

“快一年了。”洛拉悄声回答，“真是噩梦。我们把出国申请全都递交了，可怎么才能把她带走还搞不清楚。我刚一见到你，马上就想到——这才是能帮上忙的人。我们要经维也纳飞过去，离你们不远。在那边不知道要等多久。要是你能接一下我们……或者哪怕能通过你寄一封信给以色列的犹太事务局，让他们带着轮椅来接我们……我相信许可马上就要下来了，有一些迹象……你知道，我的丈夫热尼亚绝不肯去美国，只能给他申请去以色列……我倒是更愿意去美国……”

莉季娅沉默着，深入了解着情况。而洛拉则喋喋不休，还一直扭着手指，轻轻地掰着。

“妈，妈。”洛拉偶尔会想起莉季娅此行的目的，就拽拽艾米莉亚·卡尔洛夫娜的肩膀，“你看看谁来了，妈……是莉季娅来了。你认出她没有？你知道吗，我们本来早就要递交申请了，可妈妈一直拒绝去以色列，非常非常反对……而热尼亚呢，又只愿意去以色列。我们的很多朋友都更喜欢美国。可我妈妈，你也许不了解，她千好万好，却有点反犹。所以去以色列这事儿她一直坚决反对。等到她病了，我们才递交了申请。如今她去哪儿不都一样了吗？是吧？你呢，你什么时候走，好莉季娅？”

洛拉去烧茶水，莉季娅则坐在艾米莉亚身边，抓起她的手：

“艾米莉亚·卡尔洛夫娜，见到您我真开心……您还是那么美……感觉还好吗？我家马尔迪克得的也是中风，已经七年了。不过他现在好些了，能走路了，以前也是成天坐轮椅。可他如今能走了，我还给他买了条小狗……”

艾米莉亚·卡尔洛夫娜似乎在听，也好像听懂了。然后洛拉来了，拿着茶盘。糖罐、奶壶、粉红色的茶杯—— 一切都是旧日熟识的。就连饼干也是老样子：磨碎两个蛋黄混半杯白糖，加上一百克巧克力色的黄油……如今洛拉也学会做这个了，以前她不会。艾米莉亚微微动了动手指，张开了嘴，发出一声类似“уать”[1]的声音。

“马上，好妈妈。”洛拉往她那只能动的右手里塞了半块饼干。

艾米莉亚把饼干塞进嘴里，一脸幸福地咀嚼起来。

“看见没，就是这个样子，她能这么吃上一整天。我不给她，她就生气。结果她的胃也出毛病了，每年都得做灌肠……”

莉季娅打开小包，从中掏出一板巧克力，那是她本来打算送女服务员的。然后她想了想，取出一小瓶刚开了封的“香奈儿五号”香水，那是她自己用的……

1　发音近似于“哇啊”，模仿吞咽的声音，无实际含义。

“洛拉，这是送你做纪念的。”

艾米莉亚·卡尔洛夫娜一块接一块地吃着饼干，把自己多年来教给学生们的关于进食的精妙学问忘得一干二净。她把饼干深深地塞进嘴里，用折断了的指甲把它硬推进嗓子眼，碎屑落在肮脏的衣领上，落在旧上衣磨破的前胸上。莉季娅的后脑勺隐隐酸痛，她实在是觉得反胃。那时她还不知道，这是高血压即将来袭的最初征兆。

“洛拉，我走了。明天早上给你打电话，离开前我还会再见你们一面的。”

“你再坐坐呀，热尼亚马上就来了。”洛拉诚恳地挽留，但莉季娅迫切地想要尽快从这里抽身离去，赶紧再住上一晚，然后就永远地一去不回。

她穿上鞋，穿好那件斗篷外套（外套是用那种喜欢躲避旁人目光的澳大利亚野兽的皮毛制作的），使劲举起带有方格图案的包：

“我还得赶去一个地方，有朋友让我把这个带过去……”

为了以防万一，发票按照生意人的习惯一张叠一张地放在家里书桌最上面的抽屉中，放在一个单独的信封里。

可以把东西退回去。在昂贵的商店买东西永远是有道理的——因为商品可退可换，特别是当店家已经认识了你以后。

她请翻译给她订了出租车，订得比本应出发的时间更早些。当莉季娅用无比纯正的俄语对司机开口说话时，翻译简直张口结舌：

“去谢列梅捷沃机场的路上我需要顺道去趟斯巴达克街。到时候我告诉您在哪儿拐弯。”

他们去了斯巴达克街。以前住的房子倒是还在，四层小楼在一片堆放木柴的单层棚屋当中鹤立鸡群，可依旧是贫民窟。她想象着当马丁第一次走进她那简陋至极的小套间时是何种体会，露出了微笑。她起初想走上三楼，敲开自己曾经的房门，请人家让她看看自己旧日的居所，可随后她转念一想：这又何必呢？

她让司机把车开到谢列梅捷沃机场，自己给行李箱和方格包办了托运。至于答应要给洛拉打电话这回事，她根本没想起来。

在飞机上，她一路都迫不及待：想要快点回到家，亲一亲马尔迪克下垂的嘴角。跟艾米莉亚相比，他要好得多，好太多了。毕竟他还能走路，他的微笑也更能让人理解，而且他还能蹦出一些有实际含义的词儿。何况，她离开了三天，也不知那边情况怎么样了……

她的头还在隐隐作痛，恶心劲儿也没过去。她低语着，近乎默念，但还是微微出了声：“苏–苏黎世……苏–苏黎世……”然后她打起盹来，心里想着：“我终究还是最聪明的啊……”

奥尔洛夫-索科洛娃组合

一眼望去，他们不大赏心悦目，两个人都身材矮小，其貌不扬，彼此形影不离，到了与世隔绝的地步。不过再看一眼就会发现，他们是真正出类拔萃的人物。看过第二眼后，甚至无法再回想起看第一眼时他们给人留下的印象，况且系里也没有人记得他们俩还没在一起时的日子。他们早在入学考试时就认识了，尽管参加的是不同组别的考试。然而，考试结束后，还没最终宣布录取结果，当所有考生都在计算那些一分半分的时候，他们两人就一起去了他的乡下别墅，并正好赶在7月21日回来，径直来到那块该死的公告板前。大家都在那儿瑟瑟发抖，只有三个人例外。第三个人是无足轻重的书呆子托尼娅·科洛索娃，她是系主任的侄女，这是大家后来才了解到的。不消说，另外两个人就是他们俩，安德烈·奥尔洛夫和塔尼娅·索科洛娃。

他们的名字跟他们本人惊人地相配[1]，而且他们迅速变得如

1　奥尔洛夫和索科洛娃这两个姓氏的词根都有“鹰”“隼”的含义。

胶似漆，因此很快人们便开始称呼他们为“奥尔洛夫-索科洛娃组合”。

在别墅度过的那五天里，只有在需要去镇上的小店买红酒和简单吃食的时候，他们才从被窝里爬起来。这期间他们弄明白了，彼此之间不同的地方屈指可数：塔尼娅喜欢听古典音乐，安德烈则喜欢听爵士乐；他喜欢马雅可夫斯基，而她则受不了这个人。还有最后一点，大约也是极为好笑的一点：他爱吃甜品，而对她来说，最好吃的甜品就是腌黄瓜了。

在其他方面，他们都完全契合：两人都是混血，母系都是犹太人，还有个滑稽的细节——两人的母亲都是医生。没错，塔尼娅的母亲加林娜·叶菲莫夫娜是独自一人把她抚养大的，她们的日子过得十分清贫。而安德烈的家庭则极为兴旺发达，但可以平衡一下的是，取代缺位的父亲的，是一位跟安德烈关系紧张的继父。因此，富裕的家境，以及经母亲之手倾注在安德烈身上的在当时来讲颇为丰厚的物质财富，损害了他早早觉醒的男人尊严。从十五岁起，这个教授家庭出身的男孩子就开始在“接头点”倒腾外国货，靠违法贩卖女式“螃蟹手表”[1]和美式牛仔裤挣零花钱——那时，美式牛仔裤刚刚开始风行于从布列斯特到符拉迪沃斯托克的广大地区。

当安德烈的自述进行到这一处时，塔尼娅笑个不停：

1　流行于20世纪50年代的一种手表，因为表带由两个半圆组成、形似螃蟹而得名。

“这可真是劳动与资本[1]！”

她做的买卖跟安德烈的领域有密切联系：当他忙着推销牛仔裤时，她正在自制一种 button down[2]衬衫，在上面缝上商标。而理论上讲，那些已经叛逆到穿牛仔裤的年轻人会不可避免地遇到衬衫搭配问题，“正确的”带扣衬衫领子上有四个眼儿（而不是两个！），后身上还有个小环[3]，不对他们的胃口。

塔尼娅缝制三种型号的衬衫，不用提前试量。如果她从早到晚一刻不停地工作（通常这种情况发生在每周日），她就能“炮制”出四件衬衫，四乘五就是二十卢布。从十五岁起，她就不从母亲那里拿钱了，过起了自给自足的日子。

那运动方面呢？没错，这方面自然也很合拍。他们俩都搞运动，安德烈玩拳击，塔尼娅练体操。两人都在需要决定是否开启职业体育生涯的时候放弃了。安德烈成功获得了一级运动员资格，成了运动健将候选人，进了莫斯科青少年运动员联队，在蝇量级[4]。塔尼娅放弃得更早一些，是在通往一级运动员的中途——对她来说这已经够了。

在他们同居的第四天，凌晨（或是半夜）时分，他们向彼此坦承，两人一直以来都更偏爱身材高大的伴侣：他们俩的身量都

1 暗示马克思关于资本积累的规律是在被苏联法规视为非法的活动里发挥作用的。

2 英文：系扣领衬衫。这种衬衫只有两粒扣子，款式较为休闲，多用于日常或不太正式的场合。

3 男式衬衫背面的小环用于把衬衫悬挂起来。

4 蝇量级是职业拳击比赛的一个量级，相当于 112 磅（即 50 公斤级）比赛。

不值一提，不可救药地排在队末。

“就是说，我不合你的意？”塔尼娅嘿嘿一笑。

“是的，不合我的意。我总是喜欢个子特别高的……”

“我也是这样。而且你也不合我的意。”塔尼娅哈哈大笑。

这一点暴露出他们的耿直和单纯，甚至有些过头了。旁人可能以为，他们两人都饱经风霜和历练。事实上他们确实经历过一些事，但数量有限，不如说仅仅是蜻蜓点水而已……不过他们为人处世的经验毕竟还是足以让他们珍惜彼此的高度重合之处，那是只有双胞胎才会有的：他们的一呼一吸、高潮与坠落、睡梦时的动作和醒来的时刻都如此合拍……他们半夜醒来，一起走向冰箱——就连饥饿感来袭的时间也一模一样。于是他们彼此形影不离，如同两粒水银般合二为一，甚至更妙——因为彻底的融合会扼杀电势的美妙差异，而正是这种差异才能带来那些响亮的放电、明亮的闪光和销魂的一刻，那时世界暂停了，只有给人以无上幸福的空虚……

他们是一对应有尽有的幸运儿：有着两具小巧的运动员体魄，精力充沛、反应敏捷，也有着敏锐又发达的大脑，意识到自己是胜利者，而且这种意识尚未遭遇过任何挫伤，并在他们身上深深扎根——要知道，他们正是在即将到达自己能力极限的时候双双放弃了体育运动，那时他们只要再走一步就会不可避免地遭遇失败。如今他们两人准备在学术事业的新领域作战，在最好的高校、最为艰深繁难的系之一。无论是哪片海洋，对他们而言都水仅及膝，不在话下，而且看样子，那片海本身早已同意温顺地在他们膝边拍打嬉戏，往他们的脚边抛掷各式各样的珍珠……

一年级的课业沉重又烦琐：有几门通选课，以及大量的讲演课时和实验课时。第一学期的所有考试他们都得了优秀，证明了自己的高超水平，还拿到了超额奖学金。

到了这时，年级里已经没有人对他们无动于衷了：他们激怒了一些人，吸引了另一些人，引起了所有人的兴趣。他们就连穿着打扮都有点特别，与众不同。

假期时塔尼娅做了第一次人流手术，手术做得很专业，符合医学要求，用了当时还很少见的无痛技术。事实上，这是他们第一次遇到共同的麻烦事，而他们没有受到什么明显的损失就从中解脱了，关系还变得更为紧密。关于孩子的想法甚至都没有出现在他们高度发达的头脑中，这只是一件荒唐事，更准确地讲，是一种疾病，需要尽快摆脱。安德烈的母亲阿拉·谢苗诺夫娜是个好女人，为人简单朴实，积极参与医疗事业。她感受到的道德上的不安远胜于这对年轻情侣。她跟第二任丈夫没有生孩子，不管别人如何看，可她心里一清二楚，女性的这套生育装置是如何惊人的强大，同时又脆弱到任性的地步：毛细血管中有着极其微小的缝隙，生着粉色绒毛的上皮组织有时贪婪地接受那唯一一颗受精卵，有时又坚决地加以拒绝，而她的儿子安德烈、她自己，以及那个将来会成为她孙子的孩子都是由受精卵形成的。

她喜欢塔尼娅，尽管塔尼娅性格上的强势和独立让她害怕。

还有塔尼娅对她本人，以及对她那位有名的丈夫鲍里斯·伊万诺维奇（他几乎算是位院士了）那种和善又漫不经心的态度——仿佛塔尼娅对于他们如何对待自己完全无所谓，这一点也让阿拉·谢苗诺夫娜担心。

“其实，他们彼此非常相像。”阿拉·谢苗诺夫娜告诉丈夫，“他们是天生一对儿，鲍里斯，很般配。”

鲍里斯从报纸上方抬起太监一般惨白的脸，表示同意，还略微歪曲了一下妻子表达的观点：

“没错，他俩一路货色，确实是天生一对儿。”

他没能爱上阿拉的孩子，也没为此特别努力过。他是个农家子弟，在一个贫农之家里排行第八，犹太人这种对孩子让人喘不过气来的溺爱让他心生厌恶……

至于塔尼娅的母亲加林娜·叶菲莫夫娜，他们也什么都没瞒着。而加林娜·叶菲莫夫娜崇拜自己的女儿，从来不去试图指导她，只会惊异于女儿如此强势的性格和突出的天赋究竟从何而来。

她认为，这归根结底还是来自塔尼娅的父亲索科洛夫，尽管她并未在这个早已弃她而去的人身上发现任何类似优点。不管怎样，加林娜·叶菲莫夫娜偷偷哭了两个月，不时悄悄用小狗般忠诚驯顺的眼睛看看女儿，始终想不通，塔尼娅还没满十九岁，怎么就这么天不怕地不怕，而且毫无愧疚之心。当加林娜·叶菲莫夫娜暗示女儿，也许该跟安德烈确定关系了，塔尼娅只是冷淡地耸耸肩说：

“可这又是何必呢？”

假期自然是毁掉了。他们原本打算去山里滑雪，如今改为在别墅里待了一周，极为小心谨慎地彼此拥抱。已经发生的麻烦对他们而言没有在道德上留下任何痕迹，但还是带来了一定的不便，让人想要在未来加以避免。

与此同时，学习又开始了，而且不轻松。第一个学期的时候他们一起学习，不是在图书馆里，就是在安德烈家。事实上，尽管他们俩拿的都是一水儿的满分，可安德烈的头脑终究还是更胜一筹——他的解题方式更潇洒、更有趣味，带有更强的内在灵活性。他的优越不止一次让塔尼娅感到不快，而更伤人的是，他还惊讶于塔尼娅的反应迟钝和因循守旧。这让塔尼娅微微感到委屈，随后两人又言归于好。但从此塔尼娅开始单独学习了，在自家住的公共住宅里，这里有近在咫尺的妈妈，还伴着音乐节目的低吟。

春季学期两个人又都得了优秀，如今不止一年级学生知道他们，连老师们也注意到了这两颗冉冉升起的明星。只有一点不足于他们的锦绣前程有碍：两人都蔑视社会活动，而且不是暗暗地、以可以说是消极被动的形式，而是以某种引人注目、让其他人难堪的方式。在这一点上他们彼此也没有任何分歧：国家糟糕透顶，社会腐朽不堪，但他们需要在这个社会里生活，而他们想要生活得尽情恣意，也就是说恰如其分地发挥自己非凡的才能。

问题在于，他们需要在体制下屈服到何种程度，在何处画出自己的底线，超出底线便不会再退让。顺便说一句，他们两人都是苏联列宁共产主义青年团成员，而且极为随性地认为，这就是最后的底线，不能再往后退了。总而言之，这一切都是六十年代的人[1]所遭遇的问题，它们不是自己冒出来的，而是由鲍里斯·伊万诺维奇这类人物渗透给他们的。鲍里斯·伊万诺维奇是一位曾经的前线战士，一个正直却谨慎的人，在那个年代沉迷于核动力工程，这门学问应许的是强大与繁荣，而绝不是苦难与耻辱。在这类人看来，科学是生活中最为自由的领域，而这种观点终将让所有人深深失望。索尔仁尼琴的作品已经在敌人的电台朗读，地下出版物人手相传，塔尼娅和安德烈也轻而易举、扬扬得意地过起了各类学科的博士和副博士所过的那种双面生活。

完成生产实践后，两位明星就匆匆前往波罗的海沿岸旅行了。一个半月的时间里，他们在冰冷的海水里游泳，躺在优美的松树下枕着蒸馏过的白砂睡觉，饮用难闻的里加香脂酒，在尤尔马拉[2]危险的露天舞场跳舞。随后，维尔纽斯接纳了他们，他们觉得立陶宛比拉脱维亚更为迷人，也许是因为他们在这里结识了一群有意思的莫斯科人，比他们大五岁左右。他们在海滨浴场一起玩纸牌，这种来往后来发展为长期的友好关系。一直到从学院里毕业，所有的新年和生日他们都在这个新的朋友圈

1 指二十世纪六十年代苏联国内主张保护人权、人身自由等自由主义思想的知识分子。

2 拉脱维亚城市。

子里度过——圈子里有一位年轻的医生，一位新手作家，一位物理技术学院的物理教师（正是安德烈假以时日想要成为的人），一位声名正在鹊起、最终却还是没能成名的年轻女演员，一位聪明的哲学系女生（后来才发现她是个告密者），还有一对夫妇，他们作为理想家庭的样板留在记忆中。

秋天时塔尼娅又做了一次人流，一切都办得迅速又顺利。这回阿拉·谢苗诺夫娜责备了他们一番，但还是把一切都安排好了。塔尼娅在他们家里是自己人，就连鲍里斯·伊万诺维奇（除了自己亲爱的阿拉和吃饭以外，他什么都不关心）都对塔尼娅充满好感，觉得这小丫头有脑子。他去美国参加一个什么会议，给大家都带回了礼物，给塔尼娅的是一条白色的牛仔裤。裤子刚巧合身，让人惊讶。塔尼娅心满意足地在镜子前转来转去，安德烈则哼了一声，开玩笑说：

“见鬼，这下非结婚不可了……”

塔尼娅不再扭屁股，把修长纤细的脖子上自己那小巧的脑袋转过来，对安德烈说，神情甚至带有些许傲慢：

“倒是不必……”

他们同居已经两年多了，从未谈过结婚的事，因为毫无必要：婚姻的所有好处他们无一例外地享受到了，而与彼此的责任和义务相关的那些缺陷，则与他们无涉。

到了此时，安德烈已经自信地走在塔尼娅前面了，她紧随其后，差距极为微小，而且她几乎已经安于这种情况了。分数已经不像在低年级时那样重要。如今大家被分到不同的教研室和实验室，最活跃的学生已经开始有第一批成果发表了。而那些选择了更为直接的晋升道路的人，已经在出席党委、基层委员会和工会委员会的会议，做会议记录、投票表决，分配疗养证、鲟鱼肉或是克里姆林宫新年枞树晚会的入场券了。

在那里无偿分派的东西，塔尼娅·索科洛娃和安德烈·奥尔洛夫都不需要。他们需要的一切都已经有了。就连学术论文都一人有一篇，不过都是跟实验室负责人联合署名的，自然是非常光明正大的。尽管学术论文是彼此独立的，他们倒越来越志同道合了，因为他们都出人意料地选择了同一个冷门的教研室，而没有选择热门的理论物理或是核物理教研室。晶体学处于物理学、化学甚至数学的交界处，地位超然。塔尼娅忙着摆弄分光光度计，安德烈则每晚在计算中心巨大的计算机上运算，那时候的计算机能把整层楼占满。

四年级结束后，安德烈一家买了四张去保加利亚金沙疗养院的疗养证，然后他们这对年轻的恋人和这对年老的夫妇就动身去休养了。

他们住在与父母相邻的酒店房间里，除了没有注明婚姻登记情况的出国护照外，没人查他们的任何证件。在保加利亚逛够了、晒黑了之后，他们回到了莫斯科。秋天时塔尼娅又做了一次已成惯例的人流，然后开始了学习。这回塔尼娅的母亲加林娜·叶菲莫夫娜壮起胆子发表意见，说安德烈就是个规矩正派的畜生。塔尼娅没接这茬，但哼了一声：

“我会自己搞定的，行吗？”

最后一学年到了，研究生班在远处闪现，需要攒够规定的学分才能拿到社团组织的推荐信，而社团组织正是奥尔洛夫-索科洛娃组合一直以来都不予理睬的。塔尼娅的仿皮短裙、及膝长靴和其他配饰也无法让人忽略不计——这些都作为某种负面因素被考虑在内。

托利亚·波罗什科是年级的团支书，“三人领导小组[1]”里的第三号人物，他公开宣称，只要他们俩的推荐信里白纸黑字地写着“从不参与系里的集体活动”，不管是什么文件他都准备签字。

托利亚是来自西乌克兰的霍霍尔，参过军，是个心肠歹毒的美男子兼蠢货，而且对人的秉性有着极为细腻敏锐的嗅觉，那是任何人事部门做梦都想不到的。他一眼就把奥尔洛夫-索科洛娃组合算计得明明白白。对于自己的表态，他近乎执着地坚持，这也就自然意味着，他们俩不会被任何研究生班录取。

然而，他们展现出撒旦般的狡猾，证明自己不愧是犹太人出身：经查明，原来当初安德烈在获得拳击裁判资格后，一直在体育教研室提供裁判服务，而塔尼娅比这还要狡猾，在一个接受大学指导的中学主持体操小组活动已经两年了。自然，这样做都是有目的的。但体育教研室给他们写了几页辞藻华丽的表格，证明他们积极参与集体活动。于是波罗什科哑口无言，顺便

1　原苏联机关、企业中的领导团体，由党组织的书记、经理和工会主席组成。

也确信犹太共济会的阴谋确实神通广大。

而在晶体研究方面，一切都再顺遂不过了。他们研究的是正在成为热门的对称性，而在晶体中，有各种令人惊叹的现象与对称性相关。安德烈建立了一些模型，将它们映射出来，翻转过来。在左右颠倒的形态下，总是会出现某种小小的阻碍、某种细微的差别，这一点曾被教研室主任注意到，如今则让奥尔洛夫-索科洛娃组合心潮澎湃。他们工作到深夜，而且并非出于私心，而是受狂热和激情所驱使。

教研室拨出的两个研究生名额理所当然是给他们俩预备的，所有人对此都心知肚明。然而到了五月底，论文答辩都已经结束了，其中一个名额却被人占了。教研室主任是个正派的聪明人，把奥尔洛夫-索科洛娃组合叫了过去。他很器重这两个孩子，明白这对他们而言是怎样的考验。他已经在研究同样主题的科学院研究所之一安排了一个不错的实习机会，而且事实上，这个研究所处于他的庇护之下。如今他决定让他们来做选择，尽管他自己更倾向于留下安德烈当研究生。

他们听完后，彼此对视一眼，然后表达了感谢，并请求给他们一天时间做决定。他们走到地铁站，一路沉默着。两人都明白，读研究所的机会将属于安德烈，但都想让对方先挑明。在地铁站附近，安德烈投降了：

“由你来选吧。”

这一举动乍看上去很高尚。

“我已经选好了。”塔尼娅微笑着说。

“很好。剩下的就是我的了。”

他们势均力敌。两人连眉毛都没动一动。

在文化公园地铁站，她用剪得短短的头抵了抵他的耳朵（这个姿势是他们的小秘密），站起身来：

“我回家了……”

“咱们不是打算去……”他们本来确实打算晚上去做客的。

“我直接去那边，稍微晚一点。”她踩着自己的高跟鞋走了出去。

安德烈知道，她的鞋子长长的前端里塞了三角形的棉花塞子。她的鞋子总是太大，适合她的小号太少见了，很难买到。

她有着短短的脚掌，膝盖下方有一道深深的伤疤，平坦的腹部上有一道窄窄的毛发小径，硕大的乳头在小巧的胸上占了一半的位置，四肢都有点儿短小，手指和脚趾也是。她的脖子美得惊人。一张绝妙的鸭蛋脸……

她走了，把一切都带走了，他也动身回家，心情恶劣，气恼又委屈。她应该明白的，他……而这正是他们从未谈论过的事。

傍晚，他们在朋友处见了面。聚会很无聊。安德烈讽刺挖苦的劲儿上来了，还好几次硬要女主人坐下，而这完全没让气氛变得快活一些。他们离开时已经很晚了，都很不满。安德烈叫了出租车，两人一起去了自己家。奥尔洛夫一家的房子尽管很宽敞，却并不舒适。他的父母住在两个相连的大房间里，安德烈则住一间九平米小屋。鲍里斯·伊万诺维奇饱受失眠困扰，而但凡有人开启水龙头，受到蓬皮杜效应[1]影响的水管就会开始痛苦地吼叫起来。因此，在父母睡下后再洗脸洗澡是不人道的。

他们俩在一片昏暗中躺在窄窄的小沙发床上，没有可以置气的空间。他刚一确信自己绝对不会被拒绝，就开口对她说：

“亲爱的塔尼娅，你这个笨蛋。我是个男子汉呀。你就押宝在我身上吧。别气鼓鼓的了。我爱你。咱们俩的一切，一切都是共同的……”

她什么也没回答——他们的共同性确实达到了极致。等到事毕，她用忧伤而空洞的语气说：

“看样子，我又怀上了。”

他打开灯，抽起烟来。她埋头在枕头里躲避光线。

“嗯，咱们也到时候了。我是这么想的，你就生下来吧。生个小姑娘，好吗？”

她从来不哭。可如果要哭的话，那么就正是此刻。他也明白这一点。

“啊哈。你得到读研的机会，而我得到孩子和尿布……”

塔尼娅办好了去科学院研究所工作的手续，做了人流，准备前往南方。安德烈留下来准备参加研究生入学考试。临行前，

1 原指一种营销策略，其核心是建造一个巨大的基础设施项目，从而带动整个城市改变和提升形象，正如蓬皮杜中心促使巴黎成为当代文化艺术中心一样。此处指大量发出刺耳声音的管道，因为“蓬皮杜”（Помпиду）与俄语中表示“泵、抽水机”的词（помпа）谐音。

他们向民事登记处递交了结婚申请。安德烈认为必须这样做不可。心情依旧糟糕透顶。两人都做了不完全符合本心的事，而且心里都很生对方的气。

安德烈把塔尼娅送到车站。她不是一个人走，他们的小团体里有些人已经在科克捷别利[1]了，现在其他人也要过去，而且要兴高采烈、舒舒服服地过去，为此多付了在当时难以想象的费用订了两个单独的包厢。

他们在站台上吻别，然后她登上了车厢的台阶，俯身向他挥了挥手。在他们共同生活的最后一刻，她便这样留在他的记忆中：穿着红色的男式衬衫，袖口的扣子没有扣上，纤细的脖子上系着一条散开的、长得不可思议的围巾……这是她自己的穿衣之道，漂亮极了，每当她开始穿戴什么特别的、有自己特色的衣物时，大家就都跟风模仿。

火车已经开动了，他跟在后面朝她喊道：

“你可小心别在那边爱上维坚卡！”

这是他们的小团体里常开的一个玩笑。新手作家维坚卡正在当红，身边围绕着一大群女孩子。

“要是我爱上了他，就马上告诉你！打电报！”已经在向南方移动的塔尼娅喊道。

塔尼娅·索科洛娃再也没有回到安德烈·奥尔洛夫身边。她在十天后给他打了个电话，是在半夜打来的，把鲍里斯·伊万

---

1 位于克里米亚的一座城镇。

诺维奇吵醒了，他在次日清晨把自己对安德烈的所有意见向他和盘托出。但这已经不重要了。

塔尼娅告诉安德烈，自己不会回到他身边了，而且也不知还会不会回到莫斯科。现在她正前往一个完全不同的城市。总之——向他致意！

安德烈很清楚这是怎么回事，也明白为什么会这样，他用昏昏欲睡的声音说：

“谢谢你打电话过来，塔尼娅。”

她稍稍沉默了一下，然后认输了：

“考试如何了？”

“挺好的。”

于是她又沉默了片刻，因为她还是没有料到他竟会如此无动于衷：

“那么再见了。”

“再见。”

电话是他先挂断的。

阿拉·谢苗诺夫娜跑去找加林娜·叶菲莫夫娜。她们之前已经打过照面，但对彼此都没有多大好感。总的来说，加林娜·叶菲莫夫娜不喜欢安德烈，而阿拉·谢苗诺夫娜虽然早就准备好跟她结下亲人般的友谊，却没看到这位未来的亲家母表现出多大热情，于是也生起气来。鲍里斯·伊万诺维奇这段时间刚巧在科学院搞清楚了合住住宅的事儿，而且办得相当顺当——可以把房子办到塔尼娅名下，既然她现在也是科学院的工作人员了……可就在一切都已经决定了，甚至连申请也已经递交了之后，突然来了这么个电话……安德烈整天躺在沙发上抽烟。怎么，只有一个名额难道是他的错吗？……

“如果是塔尼娅去的话，凭她的能力，会比安德烈更早通过研究生答辩的……”阿拉·谢苗诺夫娜嘟囔说。

加林娜·叶菲莫夫娜只是莫名其妙地干瞪眼：她既不知道那通电话，也不知道塔尼娅改变了计划。得知后，她的伤心之情是那么真诚和深切，让心地善良的阿拉·谢苗诺夫娜瞬间就在心里跟她和解了。她们还分什么彼此呢？她们将来要共同抚养孙辈呀，这可真是……她们约好，塔尼娅一有消息，加林娜·叶菲莫夫娜就告诉阿拉·谢苗诺夫娜。

……塔尼娅过了一段日子才有消息，是通过电话传来的。她告诉母亲，一切都好极了，她不是从克里米亚打来的，而是从阿斯特拉罕。电话里听不太清，塔尼娅答应要写一封让人震惊的长信来。加林娜·叶菲莫夫娜试图大声喊几句话，是关于安德烈的，但这时通信断了。

“就是这样，问题就在这里，通信断了。”加林娜·叶菲莫夫娜心想。她很为塔尼娅担心：她移动得太快了，日子过得也太不谨慎……为什么要去阿斯特拉罕呢？去阿斯特拉罕做什么？

阿斯特拉罕郊外，在一个隐没在河滩中的小渔村里，住着作家维坚卡的亲戚。他的父亲是风景绝佳的新阿斯卡尼亚自然保护区的副主任，一个被提拔到领导岗位上来的当地人，几年前去世了，但留下了一帮不拘小节的亲戚。维坚卡的第一批中短篇小说就是在这些地方、在阿赫图巴河地区取材的。

这个渔村是偷猎者的天堂，也是鱼类和鱼卵的王国，处处是浅滩和茂密的芦苇。每个小男孩开起摩托艇来都跟骑自行车一样小菜一碟。塔尼娅和她那个作家也兴冲冲地开了辆摩托艇，一大早就飞驰到远处的浅水沙滩，逆流而上。在茂密的芦苇丛中，在没有标志、漂移不定的支流里，他总能找到道路，每次都能把她带到一个呈细柄勺状的狭长小岛上，那里有个圆形的沙滩浴场，里面灌注着伏尔加河的河水。她对他的这一本领只有啧啧称奇的份儿。

这里有滚烫的黄沙，浅滩上成千上万、不计其数的鱼苗，还有和这个身高将近一米九的大个子的新恋情。他的整个身体构造都是别样的，很好，棒极了，尽管并不完全恰到好处，跟她也不完全步调一致，但这是些细枝末节，以后会磨合好的……他则一直惊讶于她的娇小玲珑，常把她短短的脚掌捧在手心，于是她就在他的掌中意乱情迷。尽管他才三十岁，可已经是个久经情场、疲惫不堪的汉子，出于一些不无根据的自卑心理频繁地更换女人，而跟塔尼娅这个小矮人在一起时，他是个巨人，而且他们的艳遇还很刺激：不管怎么说，她毕竟抛弃了未婚夫。而由于维坚卡十分了解安德烈，也对他这个年轻朋友颇有好感，总是在玩纸牌时输给他，还不止一次在他家里喝醉过——这也就让事情变得更加刺激了。

塔尼娅上次做人流手术时剃光的阴阜还没来得及长出阴毛，她就感到：自己又怀孕了。

“这一回我要生下来。”她满心都是复仇的喜悦。

她跟作家在沙滩上躺了将近一个月。鱼的味道开始变得让她无法忍受，而土豆在这地方比鲟鱼肉珍贵得多。

他把手放到她瘪瘪的肚子上——这怎么能装得下呢？孩子会很大的！他很担心。

她肚子里正在发生的事让他极为感兴趣，而且他已经爱上了在那里，也就是在她肚子里生长的东西，并为之忐忑不安。他入睡时会把塔尼娅整个人放到自己肩上，还用手掌封住她那微微刺痛发痒、肌肉强健的阴道。

他们在村里的民事登记处花了五分钟时间登记结婚。他表姐妹的一个女友主管这个不起眼的机构。他们没提交任何申请，只带着身份证件来，付了二十卢布就拿到了结婚证明和浅紫色的印章。日子嘛，自然是她原本要跟安德烈结婚的那天。

塔尼娅把跟安德烈有关的思绪通通赶到一边，可与此同时还是常常冒出念头：“哎，可别忘了告诉他啊！”

等到塔尼娅晒黑了，晒到脱了皮，又再度晒黑的时候，她返回了莫斯科，此时已经快到八月中旬了。她毫无预兆地把维坚卡直接从车站带到家里，对加林娜·叶菲莫夫娜宣布：

“好妈妈，这是我的丈夫维坚卡。”

加林娜·叶菲莫夫娜不知所措："哎呀，塔尼娅！你可真是想一出是一出！"

这位丈夫长得不算特别出众：相貌平平，稀稀拉拉的头发在额头上分成两边，粗犷的前额。个子很魁梧，能让身材矮小的女人印象深刻。他的谈吐倒是出人意料地有修养，表现得风度翩翩。

加林娜·叶菲莫夫娜拿着茶壶去厨房了，很久都没回来。等塔尼娅来找她拿茶壶时，发现母亲正坐在浴室旁边的板凳上伤心地哭泣：亲爱的安德烈太可怜了！

在茶壶下面点火的事儿她给忘了。

一种复杂艰辛、非同儿戏的生活开始了。塔尼娅去做自己的第一份工作。正是在这一天，安德烈来到研究所里，遇到了她。他不知道塔尼娅嫁人了。她和维坚卡什么也没有对共同的朋友说：他们的婚姻暂时还是保密的。

"我们找个地方坐坐吧。"安德烈提议。

"这儿就有张长凳。"于是塔尼娅坐到了最近的一张长凳上。

他让她别再干蠢事了。而她说她已经嫁人了。

"嫁给了维坚卡？"他猜到了，因为他和塔尼娅都一样懂得对称性法则。

"是的。"

"好吧，那我们一起去找他取你的东西，不留下任何模棱两可的地方。"他提议时是那么自信满满，搞得塔尼娅一瞬间真的觉得这正是此刻要去做的事。

“我怀着孩子，安德烈。”

“这个不重要。你再去做一次人流，最后一次。”安德烈耸耸肩。

这已经到底线了。

“不，”塔尼娅轻声说，“我不能再做了。”

他掏出一根烟抽了起来。

“这都是因为那个狗屎一样的研究生班吗？”他问道，仿佛出了一记重拳。

不过塔尼娅自己也已经把这件事翻来覆去考虑了太多次了。何况，她已经知道，自己很快就会离开这个研究所，只有身边有安德烈在的时候，晶体对她来说才是有趣的，而如今这一切都破裂了，崩塌了，至于晶体是出于什么原因在一个晶簇里生长为右旋，而在另一个晶簇里生长为左旋，她已经完全无所谓了……她还不知道，在她后来生下的两个男孩子中，有一个会是左撇子……奇怪，真奇怪，令人赞叹……

要是安德烈当初对她说“研究生名额是你的，我去实习”，命运会出现什么故障和混乱吗——怎么，晶体可能还会生动有趣？

可如今又有什么可说的呢！

于是她站起来，把一根手指放在他的头顶，向下划过额头直到下巴，在那里点了个句号：

“不行，安德烈，不行。Amour perdu...[1]”

---

1 原文为用俄语转写的法语，意为“爱情已逝”。

他们再次见面是在十一年以后，在克里米亚海岸边，正是他们年轻时一起去过的地方。这次是他们那个小团体里还剩下的人聚会——虽然那位物理学教师已经去了美国，那对完美的夫妇也已不复存在，因为男方死于一场车祸，而女方则有了另一个更为美满的家庭——不过还有一些其他十分讨人喜欢的人。安德烈和塔尼娅通过共同的熟人已经提前得知会在这个季节见到彼此了。

安德烈带着妻子和五岁的小女儿前来，塔尼娅则带着一对十岁的双胞胎，两个孩子都很瘦弱，戴着眼镜，个子已经比她高了。她的丈夫留在莫斯科创作一部关于鱼类生活的长篇小说。其他的动物他都已经写过了——这就是他与现实搏斗的方式，不过跟《动物农场》相去甚远。

塔尼娅比安德烈的变化小。他发福了（这对于他的个头儿来说是不可容忍的），还成了博士。塔尼娅不再穿比基尼了，相反穿上了捂得严严实实的泳衣，因为她那曾经迷人的腹部如今有着道道粗陋的苏式伤痕，是剖宫产后留下的。其他方面她还是老样子：在浴场里倒立着来回走，穿着夸张古怪的服饰，还像以前那样往鞋子里塞棉花塞子。

大家都带着孩子。他们去了远近各处的海湾，教孩子们游泳、玩纸牌。安德烈和塔尼娅在交流时刻意当着其他人的面，专挑有很多人在场的时候，彼此一句关怀的话也没说过。塔尼娅不时感到安德烈的妻子奥莉加投注在自己身上的警觉目光，但这只让她觉得好笑。奥莉加是个高个子，有着引人注目的身材，几乎算个美人，属于可爱的笨蛋那一类型。安德烈不时会呵斥她，而她则忽闪着化了浓妆的睫毛，噘起嘴生气。他们家的小姑娘长得特别漂亮……

还有几天就要动身离开的时候，大家决定去恰耶沃海湾过夜。孩子们酷爱这种形式的消遣。塔尼娅事先声明自己不去，但她的儿子们一个劲儿地恳求，于是那个幸福美满的家庭就带上他们一同前往，并对此负责。因为这家的儿子跟塔尼娅的儿子们同龄，听说最好的朋友不去后十分难过。塔尼娅疲于社交，决定要独处一个昼夜，从不间断的闲聊中解脱出来缓一缓。她跟安德烈并不是暗中约好的——她甚至都不知道他也留下了，不跟大家一起去。

一大清早把孩子们送走后，塔尼娅一整天都在闷热的房间里闲躺着，与托马斯·曼的书相伴，睡了醒，醒了又睡。直到将近傍晚她才起身，用白天晒热了的水冲了个淋浴，剃了剃腋毛，用房东家长老了的黄瓜敷了个面膜，给自己煮了咖啡，拿着杯子坐到花园里的桌子旁。这时，安德烈来了。

“塔尼娅，你做什么呢？”

“我喝醒神的咖啡呢。给你也来一杯吗？”塔尼娅从容地答道，然后她意识到，自己这整整一个月里等待的就是这一刻。

“我不喝咖啡，喝了耳朵里会嗡嗡响。”他们以前也像这样闲扯。“咱们去喝点当地的饮料吧……”

于是他们去了啤酒馆。塔尼娅摆动着散开袖子的男式白衬衫，随和而又愉快。他们喝了勃艮第白葡萄酒，又喝了波特酒，然后是黏稠的可口百灵白葡萄酒，一直拖延着摊牌的时刻，尽管这一时刻已经来到身后，避无可避了。

大家都在房东那里租了房间，只有安德烈出手阔绰，住在军队疗养院地界上一座独栋小房子里，那是一位主任医师办公的地方，安德烈花了大价钱让对方让给自己。

他们沿着堤岸走着（彼此间的距离只有一根头发丝那么远），谈论着天气之类的事情，悬在深渊之上的那层薄薄的硬壳依旧支撑着他们的躯体，可正在剧烈地弯曲。他们已经走遍了所有的啤酒馆，正在朝疗养院走去，而不是去塔尼娅的住所。他们踩着沙沙作响的砾石走进了办公入口，直奔位于玫瑰丛里的小房子。门没锁，灯也没开。

"求你了，一个字也别说……"

"哦哦，我怎么忘了……他的门牙后面有金属托架，牙齿被敲掉了……不，我没忘，舌头到这儿来，到托架下面……"塔尼娅心想。

我心爱的房子真是可怜，被抛弃了，交到其他人手里……这门廊……这台阶，这房门……你的四壁，你的炉灶……你干了什么好事啊，塔尼娅……你干了什么好事啊，安德烈……如今的三个孩子[1]本来可以是完全不同的另一个，或者不止一个……我们

1　此处指塔尼娅跟别人生的一对双胞胎儿子以及安德烈跟别人生的一个女儿，意思是两人各自跟别人一共生了三个孩子，而如果当年两人没有分手，他们本可以有属于他们二人的孩子。

都干了什么好事啊……

这不是随便两个愚蠢的细胞为了延续种族而轻率地彼此奔赴，这是每个细胞、每根头发乃至全部身心都渴望着进入彼此，在融为一体后静止不动。这是合二为一的肉体在为自己号叫悲叹，失声痛哭……

肉体无言地痛哭直到清晨，随后苏醒了过来。距离傍晚还有一整个白天的时间。他们吃了点东西，盖着揉皱的被单躺在床上。塔尼娅用手指抚摸安德烈的头顶，一直到下巴。

安德烈对于事态会怎样发展一清二楚：大家从海湾回来，收拾行李，前往莫斯科。他把家人送回家，自己则跟塔尼娅和她的儿子们搬到别墅去……冬天很冷。车会困在雪堆里。要用木铲清扫通往大门的小路……送男孩子们去学校……奥莉加和女儿呢……完全不知道该怎么办……得硬拉着女儿去幼儿园……

……丈夫维坚卡自然是会离开的。他甚至会兴高采烈，去找一个叫什么列吉娜的女人。很难想象安德烈在我们家里会是什么样……他那件红色的长绒罩衫大概已经穿坏了……他每天早上不喝咖啡，要喝茶……晶体，对了，还有晶体……也许这是最重要的，该怎么处理关于晶体的事儿呢……

这也是塔尼娅最想要的，他心下了然，所以才一言不发。她也一言不发。最后又是她没忍住：

“怎么着？”

这句话可以随便怎么理解，比如可以理解为，该脚底抹油溜掉了……

肉体已经结束了自己最后的呻吟。奥莉加的身材多么妙不可言啊，她的胸部，她的腰，她的双腿……不行，这样做行不通……他用手指抚摸塔尼娅的脸庞：

“Amour perdu，起来吧……”

她轻盈地跳起，笑了起来，摇了摇头。还是以前的短发更适合她。

“不，你骗不了人。没有 perdu[1]。”

“那他妈的又有什么用呢，塔尼娅？”

她穿上白衬衫，飞快地蹬上高跟鞋，离去了。

奥莉加次日清晨打扫房间时，用扫帚从某个角落里扫出一个棉花做的小三角形：

“这是什么鬼东西……”

安德烈匆匆瞥了一眼：唉，这个头脑迟钝的蠢女人……不过她又怎么会知道呢，她的大脚是39号的……

“不知怎么，我休息得有点腻了……要不我们早点走吧，嗯？不如就明天？”

奥莉加十分通情达理：

“随你的便，亲爱的安德烈……”

1 意指“逝去”。

野 兽

尼娜的母亲和丈夫在同一年撒手离世，从此再没有可以为之做饭的人，也没有可以为之活着的人了。如今她就像被放逐的夏娃，望向自己的过去时觉得往昔的一切看上去都无比美好，所有的怨恨和屈辱都漂白变淡，直至彻底融化消失。她甚至巧妙地忘记了那个硝烟四起的分岔路口，她在十一年的婚姻里一直置身其中，处于她的两个心爱之人彼此之间的仇恨战火之下。

如今，随着时光流逝，这一切让人回想起来更像是复杂性格之间产生的悲剧，而不是日常生活里可耻的纠缠不清，不顾体面的嘲讽挖苦，歇斯底里的勃然大怒，以及充满愤懑的争执口角——每当尼娜成功把他们俩凑到雪白的桌布后面，极不明智地希望让彼此不能相容的人团结起来时，这种争吵都会爆发。尼娜从未在天堂里生活过，除了早年间还在音乐学院上学的时候，那时她还不认识谢廖沙，她的第一桩不幸也还没有发生。可如今所有人都死了，生活仿佛卷成了一个环，过往被电影似的幸福之光照亮，将荒凉的现在和被剥夺了一切意义的未来贪婪地吞食入腹。

她全部的思绪和感情如今都系于逝者身上，他们正从房间四壁上望着她。拿着竖琴的妈妈，戴着帽子的妈妈，抱着一只小猴子的妈妈。谢廖沙——骑着木头小马的小男孩模样，谢廖沙——留着一绺简洁额发的学生模样，谢廖沙——有着坚实肩膀的快艇运动员模样，倒数第二个谢廖沙有着垂到脖子上的两颊，强壮又危险，而最后一个谢廖沙有着消瘦的脸庞，凹陷的鬓角，眼中闪着的不知是怀疑还是机智，又或是酝酿成熟却从未宣之于口的思绪。还有在尼娜出生前就去世了的姥姥姆济娅，她有着古老而严肃的脸庞，头戴姑娘家有着深色面纱的小圆帽，是一位知名的歌手，唱的是如今已被遗忘的歌曲……

母亲去世已经快两年了，谢廖沙也死了十一个月了，可她的心情完全没有变轻松些，反而愈发糟糕了。梦境让她备受折磨。她做的倒不是什么噩梦，而是褐色背景下一些灰蒙蒙的、呆滞又黯淡的画面，支离破碎到无法称之为梦。尼娜总是在这种浅淡的梦里对自己说：醒来，快醒来。但昏暗模糊的幻影之网总是不放开她，而当她终于从中脱出身来后，总会在白昼时分承受无以言喻的忧郁，像牙疼一样猛烈。

尼娜像高压锅一样在心中炖煮着这些夜间的煎熬，最后痛苦已极，终于向女友们倾诉了出来。她有两个女友：年长一些的名叫苏珊娜·鲍里索夫娜，是位学识渊博的女士，在神秘主义方面颇有天赋，甚至是人智学[1]协会的成员；年轻一些的名叫托玛奇卡，是个单纯而又轻信的女人，胆子很小，异常敬畏神明，在她们结为朋友的这些年里，尼娜甚至对那个向托玛奇卡索取过多而又毫无一丝回馈的神满心反感。就连托玛奇卡生来就被赐予的一点点东西——她那稍显苍白的可爱容颜——也被收回了：她母亲在她小时候烫伤了她，给她的右脸颊留下了严重的伤疤。

两位女友都在尼娜的艰难时刻给予了她极大的帮助，但两人不大对付，还彼此嫉妒。性情温顺的托玛奇卡在谈起苏珊娜时，总是满怀一种苍白虚弱的恼怒（她的性情不足以让她拥有更鲜明激烈的情感），脸色发红，用尖细的声音说："她会暴露本来面目的，你就记着我的话吧，我凭直觉感到她做的是些魔鬼般的事儿……"

苏珊娜·鲍里索夫娜对托玛奇卡的态度似乎颇为宽容体谅，只不过偶尔会对她的不学无术、野蛮的多神教谬见和浅薄无知有所指摘。附带提一句，尼娜去世的丈夫对她们俩都受不了——他认为托玛奇卡才智有限，而背地里提起苏珊娜·鲍里索夫娜时从来都只称她为"格里察楚耶娃太太[2]"。

浅薄无知的托玛奇卡在得知尼娜夜间经受的折磨后宣称，自己会为尼娜拼命祈祷，而尼娜呢，一定得去领圣餐，因为所有

1 人智学是奥地利社会哲学家鲁道夫·施泰纳用"人类"和"智慧"两个词结合创造出来的名字，旨在用科学的方法来研究人的智慧、人类和宇宙万物之间的关系。

2 苏联小说《十二把椅子》中的人物，性格强悍、精于算计。

这些考验之所以降临到她身上，正是为了让她转而信神……

苏珊娜·鲍里索夫娜在某种程度上是个医生——她开有一家美容院——她给尼娜开了镇静剂和安眠药，至于那些让人心情沉重的梦，她则解释说，这是由于尼娜死去的挚爱之人所代表的星体未被完全摧毁，他们的死后之路状况不佳。她建议尼娜踏上自我完善之路，为此还给尼娜留下一本沉闷无聊到罕见地步的书，书里讲的是精神等级以及它们在身体层面的表现。

也不知是药物见了效，还是托玛奇卡的祈祷起了作用，反正起初尼娜的睡眠状况变得好些了，灰褐色的影子再也不在眼前乱晃了，可奇怪的是，她梦见了一股极其难闻的味道。那股让人无法忍受的恶臭以非人的力量引发恐惧，她从中醒来，然后又睡着。她冒出一种感觉，好像房间里有什么人：一个影子，一个幽灵，一个不怀好意的魂灵……而且这股恶臭什么都不像，不可比拟……也许像是那种让人闻了会发疯的化学物质。

过了几天，梦里的那股恶臭仿佛具象化了。有一回尼娜下班回来，闻到一股刺鼻的猫味儿，让人厌恶，但没有超出现实可接受的范围。尼娜靠着自己灵敏的长鼻子很快就找到了恶臭的源头：是谢廖沙的家常便鞋，这段时间一直放在门边的鞋柜里。尼娜仔细地用洗衣粉把便鞋洗干净，但似乎还是残留了一些特别顽固的气体分子，因此她不得不在房间里又喷了喷除臭剂。可猫味儿还是通过薰衣草和茉莉的花香直透过来。她给苏珊娜·鲍里索夫娜打电话抱怨。对方沉默着，沉默着，然后突然说：

“知道吗，亲爱的尼娜，您必须得戒烟了。”

“为什么啊？”尼娜感到惊讶。

“一种神秘之物正在向您进犯，尼娜，而吸烟会让人对神秘之物的嗅觉变得迟钝。”苏珊娜·鲍里索夫娜解释说，“您的房子里环境不佳……”

环境不佳——这已经是这套房子最起码的评价了。这是个可恶的地方，可恶至极——尼娜打一开始就对它没什么好感。母亲死后，谢廖沙急于想把他们在赛马街舒适的小房子跟妈妈的一居室合起来换成这套大宅，而尼娜没能让他回心转意。关于这套房子位于顶层、天花板还漏水之类的话，他连听都不愿听。那一年他的事业发展得好极了，所以他对有窟窿的房顶毫不在意，准备将住所改头换面重装一番。他就是这样的人。

他在半年的时间里精准地完成了自己设想的一切：推倒了墙壁，把房子的一半地板抬高了三十厘米，把小厨房和房间之一改造成了宽敞的餐厅——他们的整个住宅是一个有上下两排窗户的大厅，通风良好，冷飕飕的，内门则通向一个巨大的、兼具沐浴和如厕功能的卫生间——这是尼娜在整套房子里唯一喜欢的地方。如今，她往那里摆了一张小桌子，每天早上坐在浴缸和马桶之间的小凳子上喝咖啡……

这套可恶的房子也吞噬了谢廖沙的精力，葬送了他。让尼娜尤为厌恶的是壁炉。从技术角度来看它是失败的：烟囱是一个物理数学副博士修建的，而不是出自砌炉匠之手，因此呛人的团团烟雾总是瞬间飘满整套房子，经久不散。谢廖沙到最后也没能来得及改造壁炉，因为装修接近尾声时，各种化验、诊断、会诊和住院已经拉开序幕……

他得了急性癌症，病了总共半年就死了，给医生们留下一个医学谜团：他是被扩散的癌细胞吞噬的，可他们始终找不到最初的病灶。但对尼娜来说这已经毫无意义了。她彻底成了孤家寡人，而她的生理天性让她不善于承受孤独，因此她的状态宛如一只被拔了翅膀后发了狂的苍蝇：转来转去，原地徘徊，而世界正在脚下坍塌或是倒向一边……如今又出了这桩莫名其妙的事……

在随后的某一天里，苏珊娜·鲍里索夫娜预言过的"神秘之物的进犯"以一种最为粗野的方式显现了出来。尼娜下班回来，在沙发床的正中央、在驼色针织罩单上，发现了一坨让人厌恶的、再具象不过的东西。房子里的恶臭实在太恶心了，让人感觉仿佛连空气都成了灰褐色调，正是那种让人难以忍受的忧愁之色，那是她常常梦见、极为熟识的。尼娜双手捧头，垂下自己那高加索式的浓密秀发，哭了起来。她没哭多久，因为这时女友托玛奇卡来了。托玛奇卡哎哟了一声就忙活起来，把那一坨东西清理走了，还解释了其来源：

"你出门的时候别把通风小窗开着，这是有只流浪猫没事儿从房顶进来闹的。"

"哪有什么猫呀？"尼娜表示异议。

“什么猫，还什么猫……是一只大公猫，一只很大的公猫拉了屎。”托玛奇卡很有把握地加以说明。

她知道自己说得在理——她一辈子都是个爱猫的人。

尼娜洗干净了床罩，冲洗了地板，呼吸变得自如些了，但气味还是没能彻底消散，于是她们去了托玛奇卡家过夜，临走前把通风小窗牢牢地关上了。

转天，尼娜下班回家后在之前的位置又发现一坨东西，这回是直接拉在了被子上。通风小窗还跟以前一样是关着的。

这事儿确实挺玄乎的。苏珊娜·鲍里索夫娜说得没错。没有什么猫能从关上了的通风小窗爬进来。

她又动手洗洗涮涮，倒了一瓶除臭剂，精神紧张得直打寒战，躺到了被弄脏的床上。这气味她已经惯于忍受了，如今妨碍她入睡的是一些隐隐约约、不知从哪儿传来的声响……

“人们就是这样发疯的。”尼娜领悟到。

早上去上班时，尼娜把通风小窗和阳台的门关了个严严实实。

然而她不敢独自回家，而是坐车去找托玛奇卡，八点多的时候两人一起回来。尼娜打开双层房门的复杂门锁，进了屋。托玛奇卡跟在她身后。它正等着她们，仿佛决定是时候现身了。它坐在沙发椅上，身躯庞大，扬扬得意，胖胖的脸朝向门的方向。尼娜轻轻地啊呀一声。托玛奇卡甚至像是在赞叹：

“哎呀这个猫！”

“我们要怎么办呢？”尼娜悄声问。

“什么怎么办？当然是喂它吃东西了。”

“你疯了吗？这样它就永远也不会离开这里了！瞧瞧，又拉屎了。”——新的一坨位于走廊中央。

显然，这是它的个性。它的眼光也很精准，总是准确无误地选择正中位置。

“先得给它吃点东西，然后咱们再看。”托玛奇卡决定。

这只公猫并不是毛茸茸的，而是相反，毛皮十分平整光滑，像沥青似的。它一动不动地坐着，微微垂下头，用呆滞的野兽目光看着她们，而且看样子并不觉得自己犯了什么错。

“真是个无耻的家伙。”尼娜很生气，但还是从冰箱里取出一小锅陈汤（那是她之前遵照多年以来的习惯煮的），往里面扔了两块小肉饼，扑通一声放到了炉灶上。

随后，托玛奇卡把一小盆加热过的汤放到门边，直接放到了擦脚垫上，然后发出嗞嗞的声音叫猫。人类的语言对它来说是熟悉的。它迟钝地从沙发椅上跳了下来，慢慢地走向小盆，样子颇为威严。如果它是个人的话，可以说它走得像个年迈的举重运动员或是摔跤手，被沉甸甸的肌肉、运动带来的疲惫和荣誉压得微微驼了背。它在小盆前面停下，嗅了嗅，蹲了下来，把头紧贴着小盆的一边把手（另一边已经坏了，像牛蒡一样耷拉着），开始飞快地大吃起来。托玛奇卡则用恳求的语气劝导它：

“吃吧，小猫咪，吃吧，然后走吧，走吧，你在这儿没什么可做的。吃完就走你的吧，请吧。”

它回过头，挺起宽阔的胸膛，用颇明事理的目光看了一眼托玛奇卡，然后又一头扎进小盆里。它把东西全吃光了，把小盆舔得干干净净。这时托玛奇卡打开它面前的门，坚定地说：

“现在你走吧。”

它一字不落全听懂了，假装朝房门迈了一步，然后猛地在鞋架旁拐了个弯，在房子里闪电般地绕了半圈，一下子钻到了书柜底下。

“它不想走，”尼娜懊恼地说，“咱们白给它喂食了。”

“嗞嗞，嗞嗞。”托玛奇卡热烈地叫唤，可猫毫无回应。

尼娜从浴室里拿来拖把，生气地朝书柜下面捅去。猫从那里飞奔出来，在房子里东奔西跑了几个来回，然后消失在背朝厨房料理台的小沙发下面。尼娜在小沙发下摸索了一阵，然后挪开了它。那里没有猫。它消失了。两人对视一眼。

她们沉默地站了一会儿，消化着刚才发生的事件。随后，托玛奇卡弯下腰，犹疑地用手摸了摸护墙板，轻轻按了按。板子脱落了。这是一个小孔，通往厨房下面一个浅浅的地下室。

“原来它就住在这儿啊。”心地单纯的托玛奇卡开心地说，“你还说这是什么神秘玄乎的事儿……”

“真可怕……现在没法把它从这儿撵走了……”

“得马上把板子钉死。”托玛奇卡跳起来，坚决果断而又不大聪明的样子。

“你干吗呀？”尼娜努力动起了脑筋，“它要是在里面死掉呢？你想想看，会发生什么？家里有只死猫……”

唉，要是谢廖沙还活着，根本就不会发生这种事……这都是些什么蠢事啊……

“我有个招，得买瓶缬草滴剂！咱们用它把猫引出来，然后再把板子钉死！”托玛奇卡大声说，“就是得多买些。”

她们买了很多缬草滴剂，倒了满满一小碟子，然后躲了起来。事实证明，托玛奇卡对猫的心思了如指掌，过了五分钟它就从脱落的护墙板下面爬了出来，欢快地跑到小碟子前，一口气把缬草滴剂舔光了。然后它离开小碟子，摇摇晃晃地走向自己藏身的洞，宛如甲板上的水手。它显然是迷失了方向，转悠了一阵儿，笨拙地转了个身，走向沙发床——尼娜和托玛奇卡正躲在那上面。尼娜的幽默感油然而生：

“现在它会要根烟抽了……”

托玛奇卡笑够了之后命令道：

“行了。咱们把它抓住弄出去，然后赶快把板子钉上。”

她又开始嗞嗞地叫起来，向猫伸出双手，可它跳到了一边。尼娜猛地抓住它，它挣脱了，扑通一声重重地落到地板上。它醉倒是真的醉了，可不肯乖乖投降。看样子，它是试图冲回洞里。尼娜像亚历山大·马特洛索夫[1]似的，奔向“射击孔”，用略微发

1　亚历山大·马特洛索夫（1924—1943），苏联英雄，在二战夺取德军碉堡的战斗中用自己的胸膛堵住了敌人的机枪眼，使敌人的机枪哑火，从而使得苏军攻克了敌军碉堡，赢得了胜利。

青的手指按住了脱落的板子。

“托玛奇卡，把浴室里的盒子拿来！”她喊道。可猫仿佛明白了她们的意图似的，决定往阳台撤退。它的醉意越来越深。“门！把阳台的门关上！它会从那里掉下去的！”

托玛奇卡跑到猫前头，正好抢在它前面关上了阳台的门。她们颇费了一番力气才把它塞进之前用来装榨汁机的硬纸盒里。它用低沉的嗓音大声怒吼着什么，兴许骂的还是脏话……她们把盒子拖到院子里，放到盛垃圾的集装箱旁边，打开了盖子。它继续声嘶力竭地叫着，但没有爬出来。她们赶紧回家把板子钉死，还为摆脱敌人而小小地庆祝了一番——喝掉了一瓶上佳的格鲁吉亚红酒。然而，事后证明，她们如此兴高采烈为时过早了。

这只行踪不定的公猫有着特殊的力量，可以轻易地从一只粗野下流、为所欲为的畜生（它干的事儿是任何母猫，哪怕是头脑迟钝的母猫，在家里都干不出来的）变为一个没有形体的幻影，在尼娜的梦境和日常生活中毫无阻碍地来回游走，在两处都留下臭味、恐惧和一种特殊的猫性。这种特性仿佛从它本身剥离出来又四散开去，沉淀在物体上，透过空气、通过尼娜的皮肤深深地渗透到她体内，害得她用掉好多香波和肥皂，好把这无孔不入的脏东西洗掉。公猫本身倒是再也没出现过，可如今它几乎每天都会入梦来，还巧妙地变幻自己的外形，不过尼娜已经学会了识破它，无论是在一片从角落飘来的乌云中，还是在一片毫无疑问与它有关的风景中，甚至是在一个她从人群中认出来（就像从前认出秘密间谍一样）的先生身上。

苏珊娜·鲍里索夫娜得知了所有这些波折。她正准备前往德国参加一个座谈会或是研讨会之类的活动，她答应尼娜，一定会跟全欧洲最权威的专家讨论一下这一情况。

有一天半夜，公猫又幻化成实体出现了。它到底是怎么钻到房子里的尚不得而知。小孔已经被封上了，阳台和通风小窗都关着，壁炉不在被怀疑之列，因为笔直的烟囱直通房顶，没有任何一只猫能突破三米多高、绝对垂直的管道，除非它是只虫子。何况壁炉的出口处还挪过来一个挡板挡着。要找出被公猫利用的那条秘密通道，或许需要把这一整栋旧屋都拆掉。它爬到一个悬挂得很高的架子上，把架子弄歪了，这样一来也就碰翻了所有的薄壁黑陶器，那是格鲁吉亚实用艺术的精品，是尼娜还在读大学的时代收集起来的。尼娜刚刚克服了世界末日的恐怖——这还是她在梦里经历的，背景是一场塌方以及黯淡模糊的叮当声——点亮了灯，看到地板上满是陶器碎片，而公猫呢，还没来得及用只有它自己知道的方式消失，正躲在角落里朝她龇牙，活像条拴着链子的狗。这情景朦朦胧胧，太像她刚才那场噩梦的续集了，搞得她没能马上明白自己正置身何处——是在一场新的梦里还是在自己的房子里……

尼娜收拾着碎片，没有扭头，虚弱地哭诉道：

“你可真是个畜生……哪儿来的土匪呀……你总来我这儿干什么，你图什么，你倒是说呀……”

然后她从冰箱里取出半只鸡，放到了楼梯间：

“去吃吧，我再也不想再看见你了！”

它其实并没有要求吃东西，但也没拒绝，懒洋洋地向鸡肉走了过去。尼娜在它身后关上了门。她很清楚，它不会善罢甘休的。

四天后，它又出现了，若无其事地坐在沙发椅上，就像坐在自己的专座上一样，之前清洗干净、在阳台上晾干了的驼色罩单正中央又留下了那个让人信服的标记，昭示着它，一只公猫，对这套房子以及尼娜本人的统治。

与此同时，苏珊娜·鲍里索夫娜从德国回来了，叫尼娜去做客。苏珊娜·鲍里索夫娜这回显得沉静而又亲切，她的房子里散发着香料和财富的气息，点着蜡烛。晚餐时她奉上的是真正的清汤寡水，如果换了尼娜，是不好意思请人来吃这种饭菜的。不过苏珊娜·鲍里索夫娜本人的气派宛如一位孀居的王后：身穿一件袍子似的浅紫色衣服，头上系着一条包头似的紫罗兰色头巾，化着深色的妆，而且化得那么丑，让人无论如何也不会怀疑她在卖弄风情。她们吃了用紫甘蓝做的蓝色沙拉，然后喝了深红色的野蔷薇花茶，都是按照色谱顺序来的，然后苏珊娜·鲍里索夫娜向尼娜解释了一些事，那是其他人连想都想不到的。她强调，这不仅是她的个人观点，也是她导师的特别洞见。原来，每个人都面临着一些特定的使命，必须加以完成，而至高的力量、一众天使等等，同时也包括凡间的导师们，都会帮助此人完成这些使命。然而，如果此人表示抗拒，那么这些使命就会幻化成一些异常可怕的东西，像是疾病之类，或者比如说一只猫。而尼娜碰到的这只猫，在物理层面上是她精神生活不顺遂的体现，但也有可能问题不是出在尼娜自己身上，而是相反，出在那些已经离世的亲属之间的关系上……

“这事儿很严重，尼娜，需要做很多工作。我准备好了，不光要尽我所能地帮你，还要介绍你认识一些行家里手。”苏珊娜·鲍里索夫娜最后说。

这番谈话以及放眼望去的这一片紫色让尼娜感觉更糟糕了，她甚至想到，自己要不要真的跟托玛奇卡去一趟教堂呢？她毕竟是个东正教徒，还在襁褓中时就在第比利斯一座名叫圣尼娜的老教堂受过洗，甚至还有教父教母……

尼娜夜里又睡不着了，吃药也不管用。

转天，尼娜的上司，同时也是去世的谢廖沙的朋友托利亚·米尔卡斯命尼娜下午去找他。他在谢廖沙死后雇尼娜来自己的事务所工作，开的薪水很不错，尽管他在录用她时根本不知道，尼娜无论做什么工作都极为认真仔细，在处理公文方面更是王者。

他叫她过去，而她则忐忑不安起来，担心是不是出了什么纰漏。上个星期有一个非常复杂的合同，她很有可能把什么地方弄错了。但当她走进他的办公室时，他马上就让她震惊不已：

“听着，尼娜，你生病了吗？你的脸色很不好……”

以前他们彼此以“你”相称，但如今尼娜在交谈时尽力说语法上称呼不明确的句子，以回避他们之间新形成的上下级关系。他们相识太久了，尼娜无法再回到以“您”相称的状态。

“没什么事。我只是失眠。”

他用鉴定商品般的目光打量了她一下：她不合他的口味，但毫无疑问非常有型。瘦瘦的，坦然地留着早白的头发，总是穿着黑衣……当然了，她的下巴太长，两颊凹陷，还有黑眼圈——但她身上确实有点儿东西……

“你找个情人吧。”他皱着眉头建议道。

“这是业务上的指令呢，还是友好的建议？”她的目光垂了下来，可下巴却抬高了。

笨女人，还挺傲气的。

“失眠也是一种病。也许你该休息一下？去突尼斯吧，去加纳利群岛吧，女人家还喜欢去哪儿玩来着？费用公司来出……你请一周的假好了，或者十天。你都让人没眼看啦。”他的语气不知是气恼还是嫌恶，而尼娜把下巴越扬越高。

然后他做了个鬼脸，皱起眉头，用诚恳而又关切的语气说：

“哎呀，你这到底是出了什么事儿啊？……碰到什么麻烦了？”

这下子，骄傲的尼娜落下泪来：

“唉，托利亚，你不会相信的……是被一只猫给折腾的……”

她把整件事和盘托出，讲得颠三倒四、语无伦次。在他聆听的过程中，他的同情心似乎也在逐渐消散，到了快讲完时，他用自己平日里那种说一不二的上司口吻断然说：

“这样吧，它一出现，你就给我打电话。我来对付它。”

有关于米尔卡斯的传言说他特别擅长把事情摆平。

可能这些传言也传到了那只公猫耳中，所以它一连好几天没抛头露面，尽管并没放松对尼娜房子的关注。一天，不知怎么回事，尼娜出门上班时没把柜门关好，于是理所当然，这个卑鄙的家伙利用了她的疏忽，在柜子里拉了屎。可怜的尼娜不得不把自己为数不少的全部衣物拖去清洗，可在这之后她似乎还是能闻到那股猫的味道，这可真是太糟糕了。

但那一天终究还是来了——公猫若无其事地坐在沙发椅上迎接她。她马上给米尔卡斯打了电话，他来了，正好刚过二十分钟。这段时间里，深受打击的尼娜一直坐在浴室里的凳子上。

米尔卡斯一言不发，直奔沙发椅。不过这一人一猫原来旗鼓相当：米尔卡斯一把抓住公猫的脖颈，而公猫则一把抓住了他的胳膊。传来低沉粗重的咆哮声，而且完全搞不清这声音到底是谁发出的。

“哦，上帝啊！”尼娜看到米尔卡斯伤痕累累的胳膊，发出惊呼。

“去阳台！”米尔卡斯厉声说，于是尼娜跑上前去，打开了阳台的门。

“这有什么用呢？”尼娜还来得及在心里嘀咕了一下，不明白米尔卡斯的意图，“它还是会再来的。”

米尔卡斯挂了彩，抓着公猫的脖颈，而公猫则四肢并用地撕打他。尼娜吓得紧紧贴在门上——她见不得流血的场面。米尔卡斯哑着嗓子轻声说了几句难听的骂人话，抡起胳膊把公猫扔出了阳台栏杆。尼娜清楚地捕捉到了那一瞬间——公猫被扔出去后，向上飞起了一小段，边飞边伸直前爪、微微垂下头，然后仿佛凝固不动了，摆出宇航员在开阔的太空里的姿势，随即从视线里消失了。下方很快传来一个声音，像是有人泼了一盆水。院子里一片黑暗，什么都看不到。

当精神上颇受刺激的尼娜给米尔卡斯冲洗撕裂的伤口时，他只是摇了摇头：

“真是只野兽……这样的野兽得一枪射死才行……”

米尔卡斯的样子就跟他刚刚用斧头砍死一个老太婆[1]似的。

尼娜酣睡了一整晚。很久以来，这是她第一次把觉睡足。不过，到了临出家门的一刻，她突然胆战心惊起来：要是死猫正躺在她家阳台下面，她要怎么走过去呢？……尽管众所周知，猫能在空中保持平衡，像螺旋桨一样转动尾巴，让四爪落地……

可房子附近并没有什么死猫，也压根儿没有任何人。尼娜从自家住的洁净巷出来，往祖博夫广场方向走去……

公猫暂时消失了，或许是永远。尼娜的心情反而变得更加糟

1　此处典故出自《罪与罚》。

糕。也许米尔卡斯终究还是把它给摔死了，虽然它确实是个大混蛋，可尼娜毕竟没想让它死。她只是想让它消失而已。可是现在，在这一场噩梦过后，似乎应该感觉轻松了，可尼娜下班回家时仿佛还会微微期待那个可恶的畜生正坐在她的沙发椅上……

与此同时，谢廖沙的周年忌日临近了。要接待三十个人，而且不能搞得马马虎虎，而要办得风风光光。米尔卡斯也记得周年忌日的事。他整个星期走路都气急败坏的，因为胳膊上化脓了，打了抗生素。不过，路过尼娜的办公桌时，他还是把一个信封放到她面前：

“你打算把客人叫到餐厅去，还是打算在家里办？”

尼娜的自尊心很受伤——要是谢廖沙还在世，她是不会受到这样的侮辱的……但她从突然发作而又不合时宜的自尊心中幡然醒悟，把自己无与伦比的秀发从脸边拨开，说：

“谢了，托利亚。”

于是她又买了一头小猪，还有一些鳗鱼，以及一斤鱼子酱……

一大早，托玛奇卡去了教堂，预订了安灵弥撒。尼娜没去教堂——谢廖沙生前对这一套是不能忍的。她去了墓地，带了花。纪念碑已经立起来了，还在早春时分尼娜就把事情全办妥了：那是一块巨大的灰黑色石头，粗糙而又质朴……

傍晚时一切都安排得再好不过了：餐桌丰盛而又雅致，是谢廖沙喜欢的样子。尼娜想见的人全来了：谢廖沙的朋友们，他的表弟一家，一个不大喜欢尼娜的单身大姑子，米尔卡斯也带着他那上了年纪、没被娇宠过的妻子维卡来了，没带他那些新欢（他近来搞了很多风流韵事），尼娜对此很是开心。甚至连律师米哈伊尔·阿布拉莫维奇也来了，他在很久以前为谢廖沙辩护过，当时谢廖沙遇到了一些大麻烦。这位律师从此就出了名，经常在电视上发言，而周年纪念他也没忘记……所有人都对谢廖沙赞美有加，其中一部分甚至不假：比如他的坚韧毅力，他的勇敢和男子气概，他的天赋。虽然他的姐姐瓦莲京娜巧妙地设法插进一句，说尼娜没给他生下一儿半女，但尼娜连眉毛都没挑一下——她早已为自己人生中的这点遗憾哀悼过了，也原谅了他强迫自己去打胎。她爱他爱到神魂颠倒，真是个傻瓜……是尼娜的母亲从来没有原谅他。何况如今回忆这个又有什么用呢，她都三十九岁了……

客人们很晚才离去，肚子里装满了尼娜招待的让人闻所未闻的美食，在身后留下尚未完全丧失华丽美感的餐桌，以及高价香烟散发出来的气味。尼娜打发托玛奇卡回家：她喝醉了，像个女学生似的，还一个劲儿地往外冒一些关于上帝的惊人之语，让大家都很尴尬。等到尼娜只剩自己一个人时，她不慌不忙地把一切都收拾好，习惯性地暗自跟谢廖沙聊着天……可他也像生前常有的那样，习惯性地什么都不回答。

大约四点的时候，她在干净冰冷的被子里躺下，穿着蓝绿方格图案的内衣。内衣是三年前她跟谢廖沙去柏林的时候买的，那是他们最后一次一起出游。尽管这回她什么药也没吃，可身子刚一暖和起来她就睡着了，睡得很沉，眼球在漆黑的眼睑下转来转去。拂晓时分，当摩挲着阳台栏杆的那棵大椴树的树枝在第一缕微风下复苏，开始沙沙作响时，她做了一个梦，一个她一生中最不寻常的梦。

她正站在一座别墅式的大房子的顶层，房子还没完工，因为从上面能看到下层的房间，还有一些横梁和楼梯，都分成没有明确标注出来的好几层。她突然听到了歌声，是一个女声在唱着古老的格鲁吉亚歌曲。“是姥姥。”尼娜猜到了，然后马上就看见了她。她正坐在一个小凳子上，坐垫的褐色流苏从凳子上耷拉下来。一顶黑色的小帽遮在她的额头上，而一块深色的布料沿着她浅色的脸庞垂下。她唱着歌，可她的嘴是闭着的，嘴唇一动不动。尼娜又一次轻而易举地猜到，这是一种别样的演唱，不用声带发声，而用另外一种器官，它跟喉咙无关，但如果没有它，什么演唱都是不可能的。尼娜刚一猜出歌声是从腹腔丛的哪一处发出的，就听到歌曲分成了两个声部：低声部是姥姥的女中音，而第二个声部的女高音正是尼娜自己失去的那个，是她那一去不返的幸福，但比她之前还在音乐学院读书时的嗓音更优美，更纯净，更丝滑柔软。而且这失而复得又焕然一新的歌喉有着某种别样的特质，因为它能像磁石吸铁一般吸引人。而那所光线明亮、尚未完工的房子突然挤满了人，其中没有陌生人，尽管尼娜叫不出所有人的名字。那是他们，那些灰褐色的影子，但在这玄妙的歌声下，他们变得明亮了起来，像在相纸上显影一样。这时，她在他们中间先是辨认出了妈妈，然后是谢廖沙。

尼娜下了楼梯向他们走去，正在此时他们在人群中认出了彼此，拥抱在一起，仿佛一个人在站台上等待另一个人，而火车终于开来了。妈妈纤瘦苗条，十分年轻，正被谢廖沙搂在宽阔的怀抱里，突然就看见了尼娜，笑起来喊道："尼尼可[1]！"

但母亲的嗓音并非自成一体，而是那首格鲁吉亚歌曲的一部分，尽管此时这首歌已不再是格鲁吉亚语的了，歌词虽然明白易懂，但已经是另外一种语言了。

谢廖沙抱住尼娜的肩膀，他皮肤的气味、他的头发灼伤了她。她看到，他的鼻孔也收紧了。他把头垂向她的头发。

有人在她的膝盖下方轻轻地踹了一下，她回过头来，看到一只大公猫正磨蹭着她的双腿，寻求爱抚。是那只让她那么生气懊恼的该死的公猫。谢廖沙弯下腰，抚摸它那沥青般平整光滑的脊背。妈妈以亲切友善的姿态给谢廖沙整理了一下卷起来的上衣衣襟……但这还不够：从侧面的不知什么地方，手挽着手向尼娜走来的是她的两个女友——托玛奇卡和苏珊娜·鲍里索夫娜，她们的脸庞是那么美丽非凡，于是尼娜一边笑着一边恍然领悟：她们俩以前都是彻头彻尾的傻瓜，但那只是暂时的……

1 尼娜的昵称。

黑桃皇后

——献给娜塔莎

穆尔和安娜·费奥多罗夫娜之间的年龄差距正在飞速变小，不知原因何在——要么是全球计时机械里的齿轮有些磨损了，要么是那些小锯齿被腐蚀了，总之时间开始加速流逝，三天两头陷入心律失常状态，其结果就是在时间不正常的运动进程中，三十年的差距——如果将它放置在六十岁和九十岁之间的话——几乎已经不重要了。安娜·费奥多罗夫娜只注意到，原本做起来很快的事正变得越来越慢，不过花在睡眠上的时间倒也开始变少了。

她从一个让人不快的梦中早早醒来——如果不说是半夜的话，毕竟当时还不到凌晨四点。梦中，一个身材缩到大个儿洋娃娃大小的成年男子躺在书桌抽屉里，正抱怨着："好妈妈，我在这儿待着可真难受呀……"

那是她的儿子。她的心悲伤得直发紧：她怎么都没法帮到他……

事实上，她根本就没有什么儿子，倒是有个女儿。她在惊惧中醒来，正是因为梦境比现实还要鲜明强烈，醒来后的一瞬间，她确信自己真的有个儿子，可她已把他彻底忘记了。然后她点亮了灯，幻觉在灯光下消散了，她也回想起来，自己从傍晚开始不得不在书桌的各个抽屉里长时间翻找一份被遗忘了的文件，所以才会有了这个荒唐的梦。

安娜·费奥多罗夫娜又躺了一会儿，然后决定起床，何况那份文件她昨晚最后也没找到。

这回文件马上就找到了。那是给她十年前的学位论文的评语，现在突然要用到了。

整栋房子都在沉睡着，这是一种莫大的幸福，要么是上天赐予的，要么是偷来的。此刻没有人对她有所要求，她出人意料地拥有了属于自己的两个小时，因此她如今正盘算着该如何度过这段时光：是把以前的一位病人（一位著名的哲学家或是语文学家）送她的一本小书读一读呢，还是给在以色列的一位知心好友写封信。

她梳理好棕褐色的头发，在罩衫上披了一件短上衣。家常衣服总是跟她不相称，她穿着罩衫看上去就像个来自郊区的别墅女房东。普遍认为，还是她自大学时代起就一直穿的套装比较适合她。如今，当她穿灰色或是蓝色时，看上去就像一位教授，而这也完全符合事实。

安娜·费奥多罗夫娜给自己煮了咖啡，打开那位知名的病人送的文艺学小书，准备好一张信纸，把一只装着糖果的蓝色小高脚盘放在身边——她平日里是不允许自己吃糖果的。她愉快地吸了一口咖啡的香气，但并没来得及喝上一口：一路把助行器的小轮子摇得嘎吱作响，挺着直尺般笔直的脊背，穆尔来到了厨房。

安娜·费奥多罗夫娜紧张地检查了一下上衣的扣子，看看是不是扣好了。无论如何，提前猜到自己哪里做得不对，这项本领她始终都没能掌握。如果上衣扣子扣得没错，那么就意味着她穿了奇丑无比的长袜或是头发没有梳好。可如果她一辈子都梳同样的辫子，让它像香肠一样盘在脖子上，那又能出什么错呢？不过，这种晨间的批评可能涉及任何事物：比如窗帘脏了，或者咖啡的品种选得令人作呕，有种煮过的卷心菜的味道……让人惊讶的倒是安娜·费奥多罗夫娜在做出回应时的爽快有力——她总是请求原谅，并为自己辩白，有时甚至会试图对批评加以反驳，但事后总会责备自己。这并不能让事态好转，穆尔只会把她那生来就高挑的眉毛扬得更高，让眉毛隐藏到她粉褐色的刘海儿下面，还会慢慢地移动长长的眼皮，用不赞同的目光看着安娜·费奥多罗夫娜，双眼空洞如同一面空镜子。

这一次，穆尔推着助行器来到厨房中央后，一直沉默着。黑色的和服垂着空空的衣褶，仿佛下面根本没有什么身体。只有略微发黄、瘦骨嶙峋、戴着几个摘不下来的宝石戒指的手指，以及生着小巧玲珑的头的长脖子还支棱着，像木偶人那样。

这辈子自打记事以来，安娜·费奥多罗夫娜在跟母亲打交道时都会提前做心理建设。在儿时，她就常常在母亲门前呆住，就像游泳的人在跳入水中之前会做的那样。成年后，她宛如一个遭遇最强对手的拳击运动员，从不指望能获得胜利，只期待能输得问心无愧。此时，在这凌晨时分，母亲打了她个措手不及，她没能提前做好准备，因此头一次以冷淡疏离、仿佛来自旁人的眼光看见了母亲：在她面前站着的是一个天使，没有性别，也没有年龄，而且几乎没有肉体，只靠一个灵魂活着。但这是怎样的一个灵魂，安娜·费奥多罗夫娜一清二楚。这灵魂手里攥着一本崭新的小书，开口说道：

“这些回忆录里写的都是些什么蠢话呀！是谁偷偷塞给我的……1916年时我们跟父亲住在巴黎。我还是个小姑娘呢。卡斯帕里在1922年送了我一顶冠冕，当时我跟他是两口子，到了1924年，我把冠冕在梯弗里斯[1]输掉了。那时候已经根本没有什么卡斯帕里了，我已经跟米哈伊尔在一起。他是个伟大的音乐家。”穆尔咯咯一笑，声音尖细，意味深长。安娜·费奥多罗夫娜则瑟缩起来，因为接下来通常会是一些粗野下流的词汇，而她的瑟缩偏偏能带给母亲快乐。“可他没法好好干任何人。”穆尔温柔地笑起来，“他的那个劳什子可真是糟糕极了。在那儿，在梯弗里斯，我打牌把那顶冠冕输掉了，而在那幅巴克斯特[2]画

1 格鲁吉亚首都第比利斯的旧称。

2 巴克斯特（1866—1924），俄国画家，舞台美术家。

的肖像画里，我戴的是另外一顶完全不同的冠冕，那玩意儿一文不值，是演戏用的道具……”

这是她记忆里最美好的一页——她那些著名的情人。他们的名字可真是不计其数。为了纪念她那淡白色的鬈发和内心无以言喻的秘密，不少纸张被最好的羽毛笔涂得乱七八糟，而遍览她那些存放在博物馆和私人收藏中的肖像，则可以研究二十世纪初期的众多美术潮流……

她或许确实有个秘密，不光她的情人们对此心醉神迷，安娜·费奥多罗夫娜——穆尔唯一的女儿，她那少有的高尚和任性孕育出的孩子——也一辈子都为这个谜题绞尽脑汁。穆尔为何会被赋予权力，凌驾于父亲、妹妹们、男男女女，甚至那些处于两性之间狭窄而痛苦的缝隙中、取向不确定的生命之上？除了有着最单纯朴素的意图的普通男人，爱上她的还常常有女性化了的“男同”和偏离了沉闷无聊的女性道路、明确坚决的“女同”。安娜·费奥多罗夫娜找不到这个问题的答案，但她听命于这股玄妙的力量，飞奔着去满足母亲一个又一个任性的要求。而穆尔则像一个孕妇，总是想要个什么未知的、不确定的东西——总之就是，“去我不知道是哪里的地方，拿来我不知道是什么的东西[1]”。

凡是对她的非凡魅力表现出某种抗拒的人，都干脆消失了：安娜·费奥多罗夫娜的丈夫、外孙女卡佳的丈夫，以及穆尔最后

1 这是俄罗斯民间故事里常用的表达方式。

一任丈夫的全部亲属都早已被人遗忘了……就像根本不存在一样。

“你在喝咖啡啊。”穆尔把那卷满是谎言的小书放到安娜·费奥多罗夫娜面前，用纤细的鼻子嗅了嗅。

挺好闻的，但她总是想要点儿别的。

“我想喝杯巧克力饮料。”

“要可可吗？”安娜·费奥多罗夫娜心甘情愿地从桌边站起身，甚至都没来得及惋惜自己没能小小庆祝一番。

“为什么是可可呢？你们的可可真是讨人厌的东西。难道就不能简单喝杯巧克力饮料吗？”

“好像没有巧克力了。”

家里确实没有巧克力了。当然，有一大堆巧克力味儿的糖果，装在很多大盒子里，是病人们奉送的。但没有巧克力粉，也没有巧克力板了。

“让卡佳或者列娜奇卡去买。家里怎么能没有巧克力呢？！”穆尔大为光火。

“现在可是凌晨四点呀。”安娜·费奥多罗夫娜试图自卫。但她马上两手一拍：“有巧克力，我的天啊，是有的！”

她从橱柜里拉出一个没开过封的盒子，匆匆忙忙地拆开咯吱作响的玻璃纸，倒出一把糖果，开始动手用餐刀把糖果厚厚的底部跟毫无用处的糖芯分离开来。穆尔本来已进入战斗状态，看到她这么随机应变，马上就熄了火：

“那就给我拿到房间里吧……”

安娜·费奥多罗夫娜小心翼翼地用一个粗大的支架把手包裹起来，在一个小小的长柄勺里加热牛奶。她极为爱护自己的双手，就像歌手爱护嗓子那样。那双手确实值得爱护：她有着窄窄的手腕，又粗又长的手指，指甲修剪成椭圆形，戴着擦了碘酒的护甲。她每天都会把这双配备了操纵装置的手伸进病人眼睛正中央，小心地绕过紧绷的肌肉纤维、毛细血管、晶状体悬韧带和危险的巩膜静脉窦，穿过层层薄膜到达分为十层的视网膜，并用这些稍显粗糙的手指缝合、织补、粘贴那世界奇迹中最为精巧灵敏的一种……

她正在用母亲的镀金小勺把薄薄的奶皮从浓稠的巧克力液体上揭下来，这时响起了小铃铛的声音：是穆尔在叫人去她那里。安娜·费奥多罗夫娜把粉红色的杯子放到托盘上，走进了母亲的房间。母亲已经摆着“喝苦艾酒的人”[1]的姿势坐在呢面折叠式牌桌前了。青铜的小铃铛摆在她面前，花瓣形的正面抵在褪色的呢绒上。

“请只给我牛奶好了，别往里加你的什么巧克力了。”

“一，二，三，四……十。”安娜·费奥多罗夫娜在心里习惯性地数数。

“穆尔，你知道吗，最后一点儿牛奶已经被用来做这份巧克力饮料了……”

1　指毕加索创作于1901年的画作《喝苦艾酒的人》。

“那让卡佳或者列娜奇卡跑一趟去买。”

“一，二，三，四……十。”

“现在是凌晨四点半。商店还关着呢。”

穆尔满意地叹了口气，细细的眉毛颤了颤。安娜·费奥多罗夫娜做好了一把接住茶杯的准备。穆尔干巴巴的嘴唇上有一处深深的凹陷，从中辐射出很多细细的皱纹。在她嘲讽的微笑下，嘴唇抻长了。

“那我在这个家里还能有杯白水喝吗？”

“这个自然，这个自然。”安娜·费奥多罗夫娜忙活起来。

看样子，早间的一场大闹没能闹起来，又或者说是推迟了。

“她见老了，可怜的女人。”安娜·费奥多罗夫娜悄悄注意到。

这天是周三。诊所的接诊工作从十二点开始。今天可以让卡佳好好睡一觉。孙辈们每周三都自己照顾自己：十七岁的列娜奇卡在去学院之前把小格里沙送到中学去，由卡佳把他接回来，但回家时间不能晚于五点半，六点开始卡佳要工作，在夜校里教英语。有午饭。在离开前得买牛奶。小铃铛又响了。

“一，二，三，四……十。”

“我在呢，穆尔。”

一只纤细的手优雅地悬空举着金属框架的眼镜，像举着贵族用的长柄眼镜似的：

“我想起来，电视上放过欧莱雅公司的广告。一个很漂亮的姑娘在推荐一款适合干性皮肤的护肤霜。欧莱雅。好像是个老牌子了。是的，没错，莉列奇卡在巴黎订购过这家的香水。她想要一瓶一升装的，可她那可怜的情人只送来一小瓶，大的他买不起。不过那次闹的可是够大的。马耶茨基倒是给我带来一瓶一升装的……哎呀，我在说什么，那是科蒂牛至[1]，不是什么欧莱雅……”

这可真是一场新的灾难——穆尔特别容易受到广告的影响。她什么都需要：新的护肤霜，新的牙刷或是新的多功能锅。

“你坐下，坐下。”穆尔和善地指了指钢琴旁边的圆凳。

安娜·费奥多罗夫娜坐了下来。她知晓所有的圆形、八字形和环形图案，它们就像格里沙的铁路线路一样，承载着旧日思绪的机车沿着它们滑行，在母亲伟大的传记中已为人所知的位置停下来，改变方向。如今母亲接上了香水这条线路。接下来便是她的女友兼对手莉列奇卡。马耶茨基，这是她从莉列奇卡那里抢走的，是个著名的导演。拍电影，让她名声大噪。离婚事件。跳伞运动——谁都想象不到她会精于此道。接下来是一个飞行员，搞试飞的，是个美男子，给她留下了最美好的回忆，半年后坠机摔死了。然后是一位建筑师，非常有名气，他们一起去柏林，她博得了热烈的赞扬。不，她没在契卡，也没在内务人民委员会工作过，真是无稽之谈，她从来没在任何地方工作过，跟那儿的人睡倒是睡过，而且乐意之至！那里有真正的男子汉。

1 科蒂公司于 1905 年开发的一款东方调香水。

可你跟卡佳还穿皮袜子……屁股粗糙得扎人……

四十年前，安娜·费奥多罗夫娜想用椅子砸她，三十年前想一把揪住她的头发，可如今只是带着满心的厌恶和嫌弃，对这些夸夸其谈的独白置若罔闻，同时还忧伤地想到，这个原本能做那么多事的早晨已经一去不返了。

电话响了起来。也许是从科室打来的，一定是出了什么事，不然不会这么早就打电话过来。她匆忙拿起话筒：

“嗯，是的，是我！我没明白……是从约翰内斯堡[1]打来的？”

她怎么没马上听出来那个嗓音呢——嗓音相当高，但一点儿也不像女人，大舌音发得很轻快，词和词之间有着长长的停顿，口吃的人被治好后说话时常会这样，那是在字斟句酌。三十年了……

起初，一切都涌向脑海，然后燥热起来，可过了一秒钟，冷汗涔涔而下，还有一种极度强烈的虚弱感……

“是的，没错，我听出来了。”

过了这么多年，“你过得怎么样”这个问题简直不像样子。

“是的，可以。好，我不反对。再见。”

她撂了电话。连血液都从手上回流了，手指肚变得无力，凹陷了下去，就像刚洗完很多衣服一样。

“是谁打来的？”

1　南非第一大城市。

“是马雷克。”

她应该站起来一走了之的，但没有力气。

“谁？”

“我丈夫。”

“好家伙，他还活着哪！他多大岁数了？”

“比我小五岁。”安娜·费奥多罗夫娜干巴巴地答道。

“他图我们什么？”

“什么也不图。他只是想见见我和卡佳。”

“他是个没用的小人物，微不足道。我真不明白，你当初怎么跟他……”

“他在约翰内斯堡有家诊所。”安娜·费奥多罗夫娜试图扳道岔让话题转向，她成功了。

穆尔兴奋起来：

“外科医生吗？真有趣！你父亲就是个外科医生。我在高加索时出了一场车祸，要不是他，我会失去一条腿的。他给我做了一场特别出色的手术。”穆尔咯咯一笑：“我还打着石膏呢，就把他勾到手了……”

最让人惊奇的是，细节是无穷无尽的。关于穆尔是因为打了个赌才嫁人，还从一位著名的女友那里赢了一枚钻石胸针的事儿，安娜·费奥多罗夫娜早就知道，可关于石膏的事儿却是头一回听说。她猛然对早已去世、自己幼年时无比热爱的父亲产生了一种不好的感觉。他比母亲年长二十岁，是一个德国医学世家的最后一位代表（如果不把安娜·费奥多罗夫娜自己也算在内的话），尽忠职守到了舍生忘死的地步。不过一件偶然的事保全了他。他年轻时在一个县城里当医生，曾给一个年轻的工人做过颅骨环锯手术，那人当时得了中耳道化脓性炎症，正奄奄一息。这个工人在新政权里飞黄腾达，青云直上，而早已将他忘怀的施托希医生并未从这位心怀感激的病人记忆里消失，他变相给医生提供了保护证书。不管怎样，在沙皇军队以及后来在白军里当过军医的经历都没能妨碍医生在自家床上体面正派而又痛苦不堪地死于癌症。

“请你告诉我，这个约翰内斯堡是在德国吗？”

有人可能会觉得这位老妇人的思绪过于跳跃，如同一群饥饿的跳蚤，但安娜·费奥多罗夫娜了解自己母亲令人惊异的特点：她总是能同时思考几件事，就像在用线纺纱一样。

“不，是在非洲。在南非共和国。”

“原来如此，英布战争[1]啊，我记得，记得……真有意思。那别忘了给我买护肤霜。”穆尔用虚弱无力的手指轻抚自己松散如同一颗老杏的皮肤。

以前她还对充当自己人生布景的事件和人物以及她剧本里的龙套演员感兴趣，可随着时光的流逝，一切次要的都褪色了，空荡荡的舞台中央只剩下她自己，还有她各式各样的需求。

1　英国同荷兰移民后裔布尔人建立的德兰士瓦共和国和奥兰治自由邦为争夺南非领土和地下资源而进行的一场战争。又称南非战争、布尔战争。

“早饭吃什么呢？”她左边的眉毛微微抬了抬。

一日三餐不属于次要范畴。食物需要在严格规定的时辰送上来，还要配上全套餐具以及放刀的支架，餐巾要放在餐巾环里。但她经常拿起餐叉后马上就把它掉落到盘子旁边。

“不怎么想吃。”她带着愤恨和委屈说道，“说不定我能吃下一个磨碎的苹果或是冰激凌……”

她这一辈子都热衷于提出要求并得到满足。她真正的不幸在于欲望耗尽了，死亡意味着她不再有什么想要的，也仅仅是因为这个原因，死亡才是可怕的。

马雷克来访的前一天，卡佳收拾屋子直到很晚。住宅十分破旧，过于年久失修，收拾打扫一番也没什么起色：天花板的四角已发黄，泥塑花边正不断散落，古旧家具亟待修补，干裂开缝的书柜里，书籍落满灰尘。集奢华与赤贫于一体，为知识分子所独有。晚上，卡佳和安娜·费奥多罗夫娜两人都穿着暖和的旧罩衫，像两个破破烂烂的毛绒玩具似的，坐在花毡小沙发上，那小沙发也跟她们同样破旧。

安娜·费奥多罗夫娜倚靠着圈椅的扶手，卡佳蜷起纤细的双腿，一头扎进母亲怀里，就像小鸡躲在虚胖的母鸡翅膀下一样。尽管卡佳已经快四十岁了，可她身上确实有些地方颇像小鸡：圆圆的眼睛，生着淡白色毛发的小脑袋，细细的脖子，长长的鹰钩鼻。她有着鸟类的魅力，鸟类的轻盈。母女二人对彼此的爱是无止境的，但也正是爱意本身妨碍了她们彼此亲近：她们最怕的莫过于给彼此带来不快。但由于生活主要就是由各种不快组成，所以她们便以长久的沉默不语来代替轻声的抱怨、甜蜜的互相抚慰以及发出声来的共同沉思。她们更多时候是在谈论格里沙的鼻炎、列娜奇卡的考试或是给穆尔服用的安眠药。当她们的生活中发生什么重大的事时，她们只会彼此依偎得比平常更紧些，更久些，双双沉默地坐在厨房里，面对空空如也的杯子。

“他临走前送了我一个显微镜，很小，是铜做的，真是漂亮极了。”卡佳微笑了一下，“而我马上就把它拿到塔尼娅·扎维多诺娃那里了，你还记得吗，她在二年级时跟我同班。”

“你从来没跟我提过显微镜的事。”安娜·费奥多罗夫娜没抬眼，把罩衫裹得更紧了些。

“我当时觉得，要是我把它拿回家的话，你会难过……可扎维多诺娃到最后也没把它还给我。也许是她父亲拿去换酒喝了吧……你知道吗，我曾经可是非常爱他的……可你们到底为什么离婚呢？”

这个问题很难，而且答案也太多了——就像沿着台阶往地下室里走：走得越深，就越是昏暗。

“我们结婚后在奥斯坦金诺区租了间屋子，房东是个烤圣饼的女人。她的炉灶总是占着的，整栋房子里到处都是圣饼。你就是在那儿出生的。你吃的第一份食物就是那种圣饼。我们在那儿住了四年。当时穆尔跟她的姐妹们住在一起。艾娃住在市里，贝娅塔住在别墅。艾娃姨妈一辈子都在为她服务，给她浆洗衬衫。这位姨妈是个老处女，也是个秘密的天主教徒，为人异常严厉，什么人、什么事儿都不肯饶过，可偏偏对穆尔盲目崇拜。她死得很突然，连六十岁都不到。然后穆尔马上就要我过去。她受不了别的人伺候她。”

“可你为什么没对她说‘不’呢？”卡佳气势汹汹地问。

“她那时都快七十岁了，医生又下了那样的诊断……我可不能抛弃一个快死的人。”

“可她也没死啊……”

“马雷克当时说，她是永生不朽的，像马列主义理论一样。”

卡佳哼了一声：

“还挺俏皮。”

“是啊。可你看见没，他说错了。谢天谢地，妈妈甚至比马克思主义活得还要长。她的肿瘤生成了被膜，只吞噬了一部分的胃就停住了。我照顾她，贝娅塔姨妈照顾你。穆尔受不了孩子，所以你很快就被送到帕赫拉[1]去了，快到上学时才接回来。”

“可父亲怎么没跟你一起搬到这边来？”

“这事儿当时连提都没提。穆尔恨他，所以他就一直住在奥斯坦金诺，直到出国。”

“可难道当时能放他走？”

1　指红帕赫拉度假村，距离莫斯科约 50 千米。

“是特殊情况。通过波兰办的。他的母亲是个共产党员，带着他和他哥哥从波兰跑到了俄罗斯，他父亲留在了波兰，后来死了。他们是个大家族，其中很多人幸免于难，有的去了荷兰，有的去了美国。我已经不记得了，马雷克以前讲过。你在全世界有一大堆亲戚呢。你瞧，他自己也去了南非。”安娜·费奥多罗夫娜叹了口气。

“那穆尔怎么说呢？”卡佳继续进行迟来的调查。

安娜·费奥多罗夫娜小声笑起来：

“她叫了美甲师明天来家里，还吩咐给她熨条纹衬衫。”

“不不，我是问她当时怎么说……”

“她禁止我跟他通信。有一回来了一个波兰裔的以色列人，带给我几百美元，还有给你的玩具和小衣服。她发现了，跟我大闹一场，搞得我无地自容。我不知道当时我更害怕的是什么。在那时，沾上美元会直接被抓去坐牢。我把东西全都还给了那个波兰人，请他转告马雷克，让他顾念一下我们，别再送东西来了。”

“这都是些什么事呀……”卡佳宽宏大量地低声说，抚摸母亲的鬓角。

“不，这就是人生。”安娜·费奥多罗夫娜叹了口气。

但这番对话给人留下的感觉沉重而又不快：看样子，卡佳在向她暗示，她的日子过得不对头……

以前她没察觉过这一点。

在多日的严寒后，寒气退了一些，开始下雪了，莫斯科河畔区一片白雪茫茫的景象。一栋有着阴森森的大理石底座的斯大林式建筑门口，从那高得不可思议的正门里走出一个上了年纪的人。这人穿着厚厚的熟羊皮短袄，戴着用两张狐狸皮做成的有护耳的棉帽。迎面沿着宽阔的台阶向上走来一个人，穿着驼色上衣，戴着一条搭在肩膀上的红围巾，居然没戴帽子，怕不是疯了。他花白的鬓发蒙上了雪花。

门还没关上，花白头发的人灵巧地绕过裹得严严实实的人，迅速钻进了正门里。

他按响了要找的那扇门的门铃，听到有人的脚步声噔噔地从门边走开，然后一个清晰的女声喊道："格里沙，把橡皮泥给我！"随后他听到玻璃的清脆声响，以及一声恼怒的高喊："你们倒是开门呀！"——于是，门终于开了。

门后站着一个上了年纪的大个子女人，脸庞上隐隐有一颗熟悉的小种子正在发芽。有可能这颗小种子不过是脸颊上一颗小小的浅紫色菜豆，在往年看上去就像一颗淡淡的可爱的痣。那女人正单手握着玻璃瓶断掉的瓶颈，吃惊地看着他。

他转身拐向小房间，在那里，也就是走廊的尽头，有一摊水，手拿抹布站在水里的是一个陌生的姑娘，甚至都不是来人的女儿，而是他的外孙女了。她个子很高，身材不够匀称，有着窄窄的肩膀和圆圆的眼睛。远处的房间里又传来高喊："格里沙，把橡皮泥给我！"

这位客人把身后的带轮小行李箱推了进来，然后停住了。

安娜·费奥多罗夫娜吮吸着割伤的手指上流出来的血，平平淡淡地对他说：

"你好，马雷克！"

他搂住她的肩膀：

"安涅利亚[1]，简直让人发疯！全世界都变了，一切都不一样了，只有这栋房子还是老样子。"

卡佳和仍在抵抗的格里沙从远处的房间里走了出来。

"卡图什卡[2]！"客人发出惊叹。

这是卡佳早已被遗忘的儿时名字，是很久以前她还是个胖胖的婴儿时取的。

他的脸庞晒得黑黑的，显得颇为年轻，比她记忆里的样子英俊多了。卡佳盯着他的脸，回忆起自己曾多么热烈地爱他，又为这种爱而感到羞涩，所以一直瞒着母亲，生怕给她带来痛苦。而如今她突然发现，在内心深处这种爱并未被遗忘，于是她有些难为情，脸也红了：

"这是我的孩子们，格里沙和列娜奇卡。"

而他则注意到，卡佳的小脸蛋儿上满是皱纹，已经不年轻了，两只小手以前曾在下巴下面叠成小船状，如今也已经不年轻了。他还没来得及仔细打量自己新冒出来的孙辈，房子深处的门就慢慢打开了，穆尔出现在门洞里，轻轻摇晃着助行器的

---

1 安娜的昵称。

2 卡佳的昵称。

金属杆。

“真是位‘黑桃皇后’，”客人小声说，惊讶得无以复加，“简直让人发疯！”

不知为何，他开心地笑起来，冲过去吻她的手，而她站在他面前，以上流社会的架势伸出一只枯瘦的手，样子弱不禁风而又高傲威严，仿佛这位衣冠楚楚的先生、这个洋家伙正是为她而来的一样。这位上流社会的老妇人用精心做过美甲的小手化解了大家的尴尬，于是现在家里所有人都清楚自己在这个意外场合该怎么行事了。

“你气色好极了，马雷克。”她客气地说，“岁数大了你倒越发精神了。”

马雷克没放开她那只解救尴尬的小手，连珠炮似的说起波兰语来。

……曾几何时，这是他们儿时的语言——穆尔在出嫁前是恰尔内茨卡小姐，在华沙老城区那些狭窄的半哥特式房屋中的一栋里出生，是一位来自淀粉厂大街的药剂师的孙女，华沙的这条犹太街因为种种原因而举世闻名[1]。

卡佳跟母亲对视一眼：即便在这种情况下，穆尔依然能抢在女儿和孙辈之前吸引别人注意。

“你可以进我的房间来。”她宽厚地对马雷克发出邀请，仿

1　此处暗指发生在波兰，尤其是华沙犹太区的犹太人大屠杀。淀粉厂大街就位于纳粹德国划定的华沙犹太区范围内。

佛忘了三十年前自己是多么讨厌他了，但这时发生了意想不到的事。

“谢谢您，夫人。我今天只有一个半小时的时间，想跟孩子们一起过。明天我再来看您，可现在，请允许我把您送回您屋里去。”

她还没来得及反对，他便果断而又快活地把她的小车连同她本人一起转了个方向，推进了小客厅。

“您这儿还跟以前一样雅致。可以让您坐到扶手椅上吗？”他提议时的语气不给人任何其他选项。

安娜·费奥多罗夫娜、卡佳和列娜奇卡站在门口，仿佛一幅活体画[1]，等待着穆尔尖叫哀号、摔碎茶杯。但这种事接下来根本没发生：穆尔温顺地坐到了扶手椅上。他弯下腰，摸了摸她细细的脚掌，还有她脚上蓝色旧皮子做的干硬的便鞋，用相当严厉的口吻说：

“不行，这种鞋您根本就不能穿。我回头送您一双特别适合您的鞋，是一家专门的公司生产的。让女孩子们给您量一下尺寸就行。”

他留下她一个人，把门在身后掩上，而安娜·费奥多罗夫娜则无比震惊地问：

“你怎么这样跟她说话？”

1　一种哑剧形式，一般以真人再现的方式还原著名画作。

他漫不经心地摆了摆手：

“我有经验。我的诊所里百分之八十的病人都在八十岁以上，全都又有钱又任性。我花了五年时间学习怎么跟他们处好关系。而你的老妈是一个真正的‘黑桃皇后’，普希金就是照着她的样儿写的。得了。咱们走吧，格里沙，一起看看行李箱里都有什么。”

格里沙刚刚还无比灵活地用橡皮泥堵住了水池里的水，现在马上就把这茬给忘了，伸手去拉那个精致的小行李箱，箱子看上去很让人期待的样子。

安娜·费奥多罗夫娜站在摆好的桌子边。正在发生的一切仿佛跟她毫无关系。就连忠实的卡佳都目不转睛地盯着马雷克晒得黝黑的面庞，安娜·费奥多罗夫娜觉得她的微笑虚弱无力，还有点冒傻气。

“真是太好了，”她心想，“得亏我没能用前天买的那个深色小瓶子里的东西染完头发。不然他会以为我是为了他才往年轻里打扮。可我刚才那么消沉散漫终究不好。他马上就要走了，然后我再把头发染一染。”

他回头看向她的方向，用手腕做了一个熟悉的手势，仿佛在打乒乓球——于是安娜·费奥多罗夫娜想起他打乒乓球时身手有多灵巧。在他们还是未婚夫妻的日子里，乒乓球正风行一时。

他轻快又自然地跟孩子们聊着天，揽着卡佳的肩不松手，而她则呆呆地被他搂着，像头母牛似的。

“还真就跟头母牛似的。”安娜·费奥多罗夫娜心想。

礼物棒极了：有一部无线电话，一台相机，还有一些挺有技术含量的小玩意儿。他从起了绒的上衣内兜里掏出一本小相册，给他们看自己在约翰内斯堡的一栋房子和诊所，还有海边一栋漂亮的两层小楼，他称之为别墅。

然后他看了看手表，爱抚地拍拍格里沙的后脑勺，问自己明天什么时候能来。他在他们这栋房子里确实只待了一个半小时。

“我挺想再早点儿来的。可以吗？”他问安娜·费奥多罗夫娜，她觉得他似乎有点儿怕她。

“你没穿大衣吗？”格里沙赞叹道。

“我在宾馆倒是有件短大衣，但何必穿呢？有辆车正在楼下等我。”

孩子们望着他赞叹不已，搞得安娜·费奥多罗夫娜有点心绪不佳，并且随即就感到惭愧：归根结底，事情明摆着，他总是那么有魅力，上了年纪还变英俊了……可一种模模糊糊的苦楚和困惑让她心里烦闷不已。

如同经常发生的那样，父亲缺席的家族传统在之后的每一代都得到了加强。说实在的，她们家里最后一个男人——最后一位父亲——是老恰尔内茨基，他是一位严厉的波兰省长的后裔，也是一个最为温柔的家长，生了三个美女：玛利亚[1]、艾娃和

1 即穆尔的大名。

贝娅塔。

安娜·费奥多罗夫娜自己先是没了母亲——当时穆尔一时兴起抛弃了施托希医生，有一次从家里出去似乎就忘了回来。过了几天，她派人来取生活必需品，其中并没把一岁半的小女儿罗列在内。穆尔新结的婚依然不是最终的一次，但方向已经是正确的了。她的嗅觉告诉她，属于颓废派诗人和桀骜不驯的豪杰的时代已经结束了。她在新的文学领域的首次试水不算特别顺利，不过之后的几次终于大获成功：她搞到手一个货真价实的苏联文豪，那是个虚伪的天才，外表清心寡欲，内心却有着暴发户般俗不可耐的种种爱好。每当他展示瓷器收藏、新买的鲍里索夫－穆萨托夫[1]的画作或是弗鲁贝尔[2]的素描时，都会颇为迷人地把手一摊，说：

“这都怪穆尔的怪癖。谁让我娶了个贵族出身的婆娘呢，现在只能代人受过了。”

最后的一次婚姻十分圆满，小小的安娜一直跟生父住在一起——暂时没人想起她。穆尔重新打入高雅文学，跟一位主流剧作家有过风流韵事，还和一位极为知名的导演有过几次露水姻缘——背景是南方的几家一流疗养院，在那儿搞这种事特别合适。后来，一栋体面的宅子终于在莫斯科河畔区建了起来，里面房子的分配不像平民老百姓那样按家庭人口数来考量，而是

1 鲍里索夫－穆萨托夫（1870—1905），俄国画家。

2 弗鲁贝尔（1856—1910），俄国画家。

根据作家灵魂的真正广度。但即便在这里也受到一些官僚主义的限制，因此不得不把两个妹妹的户口迁过来，还决定把小女儿也接来。此外，穆尔注意到，那位独属于她的文豪会用不够柏拉图的眼光偷瞄身材丰满的女服务员和青春靓丽的女清洁工。于是她决定，是时候巩固自己的家庭，让文豪有机会以父亲的身份表现自己了——给一个已经长大了的小女孩当爹。

穆尔从垂垂老矣的外科医生那里把七岁的小女儿抢走了。热爱父亲的小姑娘被人从愉悦慵懒的敖德萨送到莫斯科新分到的古板拘泥的房子里，渐渐把父亲忘记了——如今跟父亲联系是被禁止的。在穆尔的坚持下，小女孩那个听上去小鸟般啾啾作响的德国姓氏换成了那个举国闻名的姓氏。她被命令称呼那个肥胖的秃子为爸爸，还被留给一年到头住在作家别墅里的二姨妈照管。过了几年，接踵而来的是战争时期，向古比雪夫[1]撤退（给人留下了终生不可磨灭的对寒冷的恐惧），在酷热的政府车厢里返回莫斯科，以及和莫斯科的幸福相遇——正是在归来后最初的几个月里，莫斯科才成为她的故乡。她再也没有见到过生父，只模模糊糊地猜到自己跟他最为深刻的相似之处。

安娜·费奥多罗夫娜的女儿卡佳对自己父亲的记忆更为模糊。那是一些用特写镜头拍下来的不连贯画面：这是她病了，包着头，而父亲把一条小狗直接给她带到被窝里……这是她站在

1　今俄罗斯萨马拉市。

台阶上，看他正用一根带钩子的长杆把掉落的水桶从井里捞出来……这是他们从一个冒着刺鼻烟味儿的木头小房子里走出来，沿着积雪的路走向一座大宫殿，那里有着大大的落地窗，瓷砖镶面的火炉，墙上挂着画儿，还有一股夏天和森林的气味……

卡佳在上小学前住在帕赫拉，正如母亲曾经那样，而父亲几次到帕赫拉来的情形不知为何几乎没被记住，只留下一段鲜明的记忆：她，卡佳，穿着有斑点的猫皮大衣，戴着皮帽，正沿着狭窄的小路走向公交车站，一只手牵着贝娅塔姨姥姥，另一只手牵着的则是父亲。公交车已经到站了，她很怕父亲会迟到，来不及上车，于是她把手抽出来，朝他喊：

“跑啊，快跑！”

就是在同一年，他执行了卡佳的忠告。

儿时的爱意被埋得那么深，甚至让人感到惊讶：多年来，卡佳完全没想起过他，也没想起过他送的那个能用来研究洋葱表皮细胞和跳蚤爪儿的稀罕德国物件……

卡佳早早生下的小女儿列娜奇卡则完全不记得自己的父亲。列娜奇卡出生一年后，卡佳就跟丈夫离了婚。她从来没从他那里拿到过赡养费，只从共同的熟人那里听说他还活着。

在格里沙出生之前，这个家庭由四个女人组成，但完全没有男人这件事没让任何人感到不安，除了穆尔。穆尔惯于将自己的女儿安娜视为没有性别、没有颜色的生物，觉得她只适合手忙脚乱地做家务，可让穆尔纳闷的是，外孙女卡佳怎么也过得这般无趣。有一个事实对于穆尔而言是惊人的：如此毫无女性魅力可言，孩子又是打哪儿来的呢？就跟动物似的纯粹为了生殖而干吗……

在卡佳的问题上，穆尔大错特错。卡佳有一段极其成功的单相思，正是为此她才离开自己那个笨嘴拙舌的前夫。她跟自己伟大爱情的对象在一起后饱受折磨，为他生下了格里沙，并偶尔跑去跟这个良心未泯的情人约会，这种情形已经持续快十三年了。她年复一年地推迟儿子跟秘密生父真正地彼此认识的时间。家庭是神圣的，他总说，卡佳也不能不同意他的观点。

于是，父亲的缺位就成了她们家里历经三代后根深蒂固的遗传现象。安娜·费奥多罗夫娜、卡佳，甚至连正在成长起来的列娜奇卡都从没想过要往这个完完全全属于穆尔的房子里带哪怕最微不足道、无足轻重的男人。穆尔没给她们这种权力——她对自己的女性后代充满了极端的蔑视。安娜·费奥多罗夫娜和卡佳已经完全妥协，既接受了父亲缺位的环境，也接受了身为女人的孤寂生活，而列娜奇卡呢，在这方面不像她曾姥姥那样天赋异禀，而偏巧像个孩子似的懵懂无知，根本就没想过这些。

安娜·费奥多罗夫娜越来越强烈地感到，在马雷克第一次来访后，整个房子里的人就都发了疯。不光是八岁的格里沙，还有瘦麻秆列娜奇卡（她这年冬天几乎已经长到快一米八了），就连卡佳本人也包括在内——马雷克来访的门铃声让他们如此欢呼雀跃，就好像门外站着的是个小号的圣诞老人似的。马雷克的样子也确实是那种没品位的红白调调：脸晒得像非洲人一样黝黑，一头亮白色的鬈发仿佛冒着烟，他也不穿那种俗气的带白色棉领子的红色长袍，而是在脖子上披一条深红色的毛织围巾，围巾的品质是最为精良的那种，几乎能把物质价格转换为精神价值。就像圣诞老人应有的那样，他性格开朗，面色红润，在请客送礼时出手异常大方，在允诺许愿时更是慷慨。甚至就连穆尔都对他表现出过分的兴趣。

久未体验过的个人屈辱感折磨着安娜·费奥多罗夫娜。马雷克三天以前还完全不知道格里沙和列娜奇卡的存在，如今却在他们的生活中扮演着重要角色：列娜奇卡只顾谈论自己要去国外哪里读书，是去英国还是去美国；而格里沙则对一个希腊小岛念念不忘——马雷克在那里有个别墅，是一栋两层豪华小楼，背靠浅粉红色的山岩，面朝一个小小的港口，一艘白色的游艇系在海湾中央，宛如蓝色丝绸上的一枚象牙别针……格里沙把马雷克小相册里的照片都掏了出来，于是整个房子里到处都散乱地放着别人虚幻生活的彩色印记，甚至连穆尔房间里也有。但最让人难堪的是，卡佳走路时会带着傻兮兮的微笑，甚至会悄悄低声哼哼，跟她姥姥一模一样……除此之外，还让有良心的安娜·费奥多罗夫娜痛苦的是，自己内心怀有一些极为卑下恶劣的情感，而她无法加以驾驭。

安娜·费奥多罗夫娜在工作上也遇到了不愉快。近期病势最沉重的患者之一不是要做常规手术，而是受了外伤入院的。

本来这位年轻民警的手术做得极其成功，可以很有把握地说，至少他的一只眼睛已经保住了。可最近他在大厅里把电视机从一个角落搬到另一个角落，于是手术时做的所有精工细活全都付诸流水，视网膜上出现了新的裂口，如今完全不清楚她是否还能再次拯救这个傻瓜的眼睛……

马雷克此次来莫斯科是来办事的。要办的所有事归结起来就是跟一些医疗方面的官员见唯一的一面，这次会面正是定在他到访的第一天晚上，谈的是某种用于病人术后护理的特殊设备，他跟这种设备的生产有些瓜葛。就像他自己后来所说的，这种谈判对他来说不过是来看望女儿的借口罢了。这种想要与昔日家人搞好关系的试探他在这些年里都没有再尝试过：他跟苏维埃政权——无论是其俄罗斯版本还是波兰版本——打交道的经验都过于丰富了。

对于这次出行，他觉得什么都可能发生，但无论如何也没料到会遇到这么天真无邪、让人感动的孩子，这可是他的家人，他们没有他也活得很好，并且对他一无所知。

就连那个脾气暴躁的老妇人也引起了他隐隐的柔情和兴趣。这一天他陪她待了几个小时：原来，格里沙跑去同学家参加新一年的枞树晚会了，而列娜奇卡也出发了，照例去把又一次的测验考砸。

马雷克是个老滑头，问了穆尔一个恰如其分的问题——关于那位文豪曾经获得的斯大林文学奖，于是穆尔陷入了愉快的回忆。丈夫最后的这次成功伴随着她的新一轮飞升——在相邻的领域取得了一连串夺目亮眼的成就：跟一位神秘的将军展开了一段激烈的恋情（那位将军用自己毛发浓重的拳头掌控着整个文学事业的进程），跟丈夫的秘书私通，跟好闺密的丈夫、一位生物学院士勾搭，等等，等等。这一切的见证者是愁眉不展的女儿安娜，安娜内心满怀清教徒式的忧愁和深深的绝望，因为她不可能去爱、而又不能不去爱这个纤细精致、美丽非凡的女人——她的衣着总是华丽到做作的地步，而她就是安娜的亲生母亲。

穆尔讲得杂乱无章而又有选择性，各种名字和细节乱飞，但马雷克面前依旧呈现出了一幅完整的画面，况且有很多事他已经从安娜那里了解到了……

那位被人歌颂的领袖去世没多久，在又一次、也是最后一次向心怀妒忌的同行们证明了自己天才般的远见后，文豪及时地死掉了。他被葬在新圣女公墓一块沉重的灰色墓碑下，穆尔的生活也暂时变得沉闷阴郁。不过，钱倒是不计其数，而且还在河水般涌来——版权费、演出改编费、印数费。换了别的女人，日子会过得安定平和，可穆尔不知怎么回事焦虑了起来，种种恋情让她感到厌烦和乏味，种种欲望也不再如往日般强劲，五十岁到六十岁之间原来是如此无聊的岁月。后来她把这解释为更年期。但更年期顺利结束了。穆尔做了两个在当时颇为罕见的小手术，她的女友薇拉奇卡，一位著名的电影演员，推荐了自己的医生——然后穆尔便焕发了一些青春活力。接下来自然是风流韵事。那是一场让人头晕目眩、闻所未闻的恋情，对方是一个年轻的演员，两人相差四十岁。所有的纪录都被打破，所有的床单都被压皱。她的女友们正住在养老院和医院里，还有一些正在勉强度过最后的流放岁月，而她呢，活力四射，胸部高耸，有着小巧玲珑的臀部和修整打理过的脖子，正在接待长得像吉普赛人一样英俊的小男孩，而他年轻的妻子则在门口大发脾气。莫斯科轰隆作响，生活在继续……

在这里也发生了故障。那个当演员的小男孩以快得出奇的速度变成了酒鬼，女友们接踵而至，女儿安娜离开了家，嫁给了一个瘦弱的大学生，那是个犹太人——穆尔打小就不喜欢这号人。她觉得，得让他们活着，不能把他们送到毒气室去，这是自然，但也不至于嫁给犹太人吧……

“有意思，非常有意思，她这是把我当成谁了？”马雷克心想，但什么问题也没问，只是专注地听着。

……以前的情人们全都一个接一个地死掉了，无论是将军还是平民。最让人懊恼的是妹妹艾娃的死，她比穆尔小十岁，可靠又忠实……不得不让安娜回家来，很快卡佳也被迁了过来。一转眼，房子里就满是孩子了，这空虚可怜的生活，毫无欢乐，毫无趣味……

安娜·费奥多罗夫娜走进母亲屋里收拾茶具时暗暗注意到，穆尔的样子跟孩子们一样幸福，此外，她还处于完全做好战斗准备的状态：声音比平时低了八度，哼哼唧唧的，眼睛好像大了两圈，后背挺直了，如果这是可能做到的话。一只正在狩猎的母老虎——安娜·费奥多罗夫娜如此这般称呼这种时刻下的母亲。

马雷克则坐着，挂着意味不明的微笑。

这是举家狂欢的最后一个晚上，安娜·费奥多罗夫娜努力尽可能少地参与其中。格里沙挂在马雷克身上，偶尔松开他也只是为了在助跑后往他身上跳得更高、贴得更紧。列娜奇卡正朝着考试彻底挂科全速前进，但她在这段决定性的日子里抛弃了课业，如影随形地跟着这位新来的姥爷。由于令人向往的英格兰打消了她对祖国科学事业的兴趣，明天的考试一点儿也不让她紧张。安娜·费奥多罗夫娜尽量不去看卡佳：卡佳脸上的表情让她难以忍受。

十二点钟时，马雷克跟所有人都告了别，去找穆尔。她两脚轻轻按着温暖的热水袋，正边看电视边吃巧克力。这是最基本的原则之一：一项享受不应当妨碍另一项。至于热水袋，安娜·费奥多罗夫娜过去三十年来一直反对使用，可穆尔打年轻时候起就习惯躺在焐热的被窝里睡觉，即使在温暖的水囊并非她夜间唯一的伴侣时也不例外。

面对恭敬地在她面前俯下身来的马雷克，她宽宏大量地递过去一张窄窄的纸片，纸上一半的地方写满了歪歪扭扭的字母：

“这个给你，小朋友。上面有些我需要的东西。”

马雷克看都没看就把纸片塞进了口袋：

“乐意之至。”

他知道怎么跟老妇人们打交道。他走了出来，安娜·费奥多罗夫娜耽搁了一会儿，整理着穆尔背后竖立的靠枕。

穆尔舔干净沾上巧克力的手指，神秘莫测地笑了笑，挑衅地问道：

“喏，现在你看见没？”

“什么？”安娜·费奥多罗夫娜很惊讶，“我看见什么？”

“看见我的情人们都是怎么待我的呀！”穆尔得意地笑。

“这是神志不清的先兆。”安娜·费奥多罗夫娜判定。

孩子们想把马雷克送到酒店。他住的地方不远，在以前的“巴尔丘克”。这家酒店近年来变得极为富丽堂皇，就像那座在咒语下一晚上在两岸之间架设好的玻璃桥[1]。

“不了，咱们就当已经告别过了吧。”他忽然坚定地宣称，而原本习惯在任何事上都苦苦纠缠、不达目的不罢休的格里沙，这回却很快就妥协了。

马雷克在脖子上围好那条红得让人不堪忍受的围巾，最后一次把孩子们亲了一遍，亲得那么自然，就好像他不是五天前才刚刚与他们相识一样。随后，他从挂钩上取下安娜·费奥多罗夫娜那件胸口秃了毛的皮衣，用不容置疑的语气说：

“我们最后一起走走吧。”

---

1 出自俄罗斯童话《魔戒指》。

安娜·费奥多罗夫娜不知为什么同意了，尽管在这之前一分钟也不曾想到过要跟他一起出来。她一言不发，费力地穿上皮衣，披上一条别人送的奥伦堡头巾——如果有人给她送礼，她就收下：糖果、书籍、装着钱的信封。她收礼，并克制地表示感谢。但她从不为自己的手术明码标价，也就是说，她在这方面做得跟去世的父亲完全一样。这一点她根本没猜到。

在街上，他挽起了她的胳膊。他们从拉夫鲁申娜小巷来到了奥尔登卡街。空气清新，周围一片白茫茫，四下无人。偶尔有几个路人回头打量这个形容干瘦、只穿着浅色上衣的外国人，他正不慌不忙地领着一个包裹在厚厚的皮衣里、已经不再年轻的女士，而她不可能是他的什么人：如果是他的保姆的话，她显得过于有文化了，给他当妻子的话又嫌老，穿得也难看。

“多么美丽的城市啊。不知为什么，它在我的记忆里一直又昏暗又肮脏。”

“它有很多种样子。”安娜·费奥多罗夫娜礼貌地回应。

“你干吗要来呢？”她心想，“搅得天翻地覆，让所有人都不得安宁？”但这话她没有说。

“咱们找个地方坐坐吧。”他提议。

“去哪儿啊？大半夜的？”她吃了一惊。

“有的是各种夜间的去处。离这儿不远有一家特别棒的小餐馆，我昨天跟孩子们在那儿吃过饭……”

“你明天天一亮就要起来。”安娜·费奥多罗夫娜言辞闪躲。

马雷克要坐早班飞机离开，她自己则六点半就要起床。说到明天，她的心放了下来。他会离去，一切都会走上正轨，全家人的兴奋劲儿会宣告结束。

“我想邀请孩子们去希腊消夏。你不反对吧？”

“我不反对……”

“你真是个天使，安涅利亚……也是我最惨重的损失……”

安娜·费奥多罗夫娜不吭声。她干吗要跟他一起出来呢！是因为多年来习惯了在家里服从命令吧……本来应当拒绝的……

他感受到了她心中的恼怒，用薄薄的皮手套抓住了她厚厚的针织手套：

“安娜，你以为我什么都没看到，什么都不明白吗？移民的经历很艰难，非常艰难，而我移民过三回。从波兰语到俄语，从俄语到现代希伯来语，最近十五年又是在英语环境里……每一回都得从头开始，从字母学起……我经历过很多事，打过仗，挨过饿，甚至还坐过牢……”

他曾经是个多么可爱的男孩子啊，一个三年级的大学生，一点儿也不像那些围绕在她母亲身旁、性欲旺盛地搞交配仪式的健壮公狗。为了履行研究生义务，她当时在领导一个大学生小组，他们的恋情就是在众多小烧瓶和小杆菌之间产生的。在很长时间里，她小心翼翼地向所有人隐瞒了他们的关系。他那么年轻，让她感到羞耻。但也正是因为他年轻，身上没有富于侵略性的肌肉，她才不知不觉地被他吸引。他的胸部白白的，没有毛发，左边乳头附近有一组星座般的痣——像北斗七星似的。他始终是她生命里唯一的男人，但她从没后悔过，既不后悔他是唯一的一个，也不后悔这个唯一的人是他……但她一直清楚，婚姻对她来说不过是个偶然。十六岁时她便下定决心永不嫁人：对她而言，没有什么比母亲卧室里传来的哼唧声、兴奋的笑声和缠绵的呻吟更让人恶心了……永远的交尾期，发情期，发情期……她会一瞬间陷入一种儿时最为强烈的感觉，觉得性是洗不掉的污秽，这时她看到任何一对夫妇都会感到尴尬，因为脑海中马上会冒出一幅画面：他们一边流汗呻吟，一边做着这种龌龊的事……当修女多好，一袭白衣，干干净净，与这一切无关……但能生下卡佳，终究还是莫大的幸福……

马雷克一直在说呀说的，可他的话都像雪花一样飘了过去。但她猛然从他磕磕巴巴的话里惊醒：

"……这可真是奇迹啊，诅咒竟能变成祝福。她是个怪物，一个自私自利的天才，一位'黑桃皇后'，把所有人都毁了，拉所有人陪葬……而你是怎么忍受这一切的？你简直是个圣人……"

"我？圣人？"安娜·费奥多罗夫娜猛地停下，仿佛撞上了柱子，"我怕她，而且也有责任，还挺可怜她……"

他把脸向她靠近，于是能看出来，他根本没有那么年轻，皮肤也像老年人的，满是细小尖锐的皱纹，一年四季晒出来的黝黑肤色下，是很多深色的老年斑：

"要怎么做，我要怎么做才帮到你呢？"

她摆了摆灰色的手套：

“你还是送我回家吧……”

马雷克从他那个约翰内斯堡的来电如此频繁，比朋友们从斯维布洛沃[1]打来的电话都多。格里沙热切地期待他的来电，每次都像老鹰一样猛扑过去拿话筒，不管三七二十一地朝对方喊：“马雷克！是你吗？”列娜奇卡如今只学英语了，跃跃欲试地准备出国。以前她从没有过的精明能干突然在她身上觉醒，她正颇为懂行又吹毛求疵地给自己选择未来的留学地点。就连一直安静平和、有点无精打采的卡佳也在等待着父亲的出现能以某种方式带来一些不确定的变化，而且她似乎对自己的秘密情人冷淡了些，而那人正相反，开始了慢吞吞的离婚谈判。

马雷克带着满腔热忱开始完成自己许下的圣诞诺言。最先飞来的礼物是一双给穆尔的矫正便鞋。鞋子异常丑陋，可能也同样异常舒适。是以色列使馆的一位大约是秘书的人把鞋直接送到家里来的，他是马雷克的老朋友了。穆尔连试都没试，只是冷哼了一声。这双鞋有着学生般的后跟，还系着几根老年人才用的松紧带，而穆尔最近七十年里只穿敞口的船鞋，踩着优雅而又尽可能时髦的后跟。

紧随便鞋而来的是两台小巧的电脑，而且其大小与价格成反比。他还费心安排了送给格里沙的电脑游戏。临走前，他留

1 莫斯科的一个区，位于东北部。

给列娜奇卡一台业余爱好者级别的摄影机，她还没从那份激动中缓过劲儿来，还没来得及好好欣赏世界通过取景器展现出来的独特面貌，新的礼物已经快马加鞭追了过来，要求她尽快学会所有凭借它的魔力能做到的事。

终于，在马雷克离开六个星期后，一封来自塞萨洛尼基[1]的邀请函寄到了，是由一个名叫埃万耶利娅·道拉的人签署的，她是马雷克妻子的亲密女友——关于马雷克的妻子，大家只知道她有个能发邀请函的希腊女友……

按这封邀请函的表述，他们可以在六月到九月里的任何时间前往希腊。

格里沙单单是看到那个带长方形小窗的信封就已经乐坏了，他拿着信封在房间里跑来跑去，直到一头撞到了穆尔身上，她正拄着自己那台金属器械前往厨房。格里沙把信封直递到她脸上：

“你看呀，穆尔，我们要去希腊了，去塞里福斯岛！马雷克邀请了我们！”

“胡说八道！”穆尔嗤之以鼻，她对人的态度从来不因对方的年龄而打折扣，“你们哪儿也不会去的。”

“可我们会去的，会去的！”格里沙喊道，兴奋地蹦蹦跳跳。

于是穆尔把一只手从助行器的扶手上移开，朝自己八岁的曾外孙夸张地做了一个表示轻蔑的手势——把一只涂着亮红色

1　希腊中北部城市。

指甲油的大拇指直伸到他鼻子下面。她用另一只手轻巧地从格里沙手里夺过了邀请函，他没料到会遭遇这么粗鲁的攻击，吓得呆呆的。穆尔用胳膊肘撑着助行器的小栏杆，把信封揉成一团，把团得紧紧的像雪球似的纸团直接扔到了进门处……

“你这个坏蛋！恶棍！”格里沙号哭起来，冲向门口。

卡佳从房间里跑出来，抓住儿子，不明白他跟姥姥之间发生了什么。格里沙把一张不知是什么的纸抚平，继续喊着让她意外的话：

“这个可恶的坏蛋！该死的狗东西！”

穆尔垂下忧伤的双眼，暗含着责备对外孙女说：

“好孩子，把你的野种领走。亲爱的，孩子是要好好管教的。”然后她就去了厨房，一路把轮子摇得吱吱作响。

卡佳尚未闹明白号啕大哭的格里沙手里抓着的那团纸是什么。她把他拖进了房间，从房间里又长时间传来呜呜咽咽的声音。

这天安娜·费奥多罗夫娜下班时比往日更加疲惫——有的东西比工作本身更让人筋疲力尽。一个受了重伤的小女孩被送来就医，可儿科部门没有资质和水平相当的医生能给她诊治。小女孩跟格里沙一样大，被碎弹片炸伤了，手术做得很艰难。

安娜·费奥多罗夫娜一边把血压测量仪放到盒子里，一边沉思：穆尔的精力到底是哪儿来的呢？她血压这么高，应该感到昏昏欲睡、身体虚弱才对……可她却饱含攻击性，反应也很敏捷。或许是其他什么机理在起作用吧。的确，这是老年病学研究的范畴……

“你都没在听我说话！寻思什么呢？我反对，听见了没有？我没去过希腊！他们哪儿也不能去！”穆尔扯了一把安娜·费奥多罗夫娜的袖子。

“是的，是的，当然了。这是自然的，好妈妈。”

“什么当然了？你一个劲儿地叫什么妈妈？”穆尔尖声喊道。

“一切都会如你所愿的。”安娜·费奥多罗夫娜用安抚的语气说。

“不，我亲爱的母亲，这回不行。”安娜·费奥多罗夫娜在心里下定决心。这是她生平头一回。“不行”这个词还没宣之于口，但已经存在，像细弱的小苗一样破土而出了。她决意让母亲直面家人不肯听命于己的现实，事先不对此进行任何铺垫。等到穆尔发现孩子们已经走了的时候，这一事实如同一只扇动翅膀的蝴蝶，会引发怎样的狂风骤雨就只能靠猜测才能想见了。

六月初，出国用的护照准备好了，签证也拿到了。订好了6月12日到雅典的机票。按照安娜·费奥多罗夫娜的精心谋划，搬去别墅的日子也定在这一天。连最小的细枝末节都被考虑到了：卡佳早上带着孩子们前往谢列梅捷沃机场，这应该不会引起任何怀疑，因为卡佳总是提前出发去别墅，以便把房子收拾好，迎接穆尔的到来。十二点时会叫一辆车把穆尔和安娜·费奥多罗夫娜送到别墅去。安娜·费奥多罗夫娜希望能用旅途的忙乱来减轻穆尔受到的打击，而且起程去别墅前的准备工作也能成功地掩饰孩子们罪恶的逃亡行动。格里沙和列娜奇卡简直期待满满，特别是格里沙。这位算是半个希腊人的姥爷出现得正是时候。格里沙所有的同班同学都已经出过国了，他几乎是唯一一个没被带到过比红帕赫拉更远的地方的人。而这位姥爷本人顶着一头白色鬈发、站在一艘白色游艇上的样子，也已经被展示给全班人看了，并且成功地填补了父亲的缺席。

临出发的前一天夜里，安娜·费奥多罗夫娜和卡佳几乎没睡着。凌晨时分，马雷克打来电话说，多余的家伙什儿就不要带了，众所周知，在希腊什么都有。他已经迫不及待，会在机场迎接他们。

七点半的时候，穆尔要咖啡喝。早上的咖啡要加牛奶，午饭后则要喝黑咖啡。安娜·费奥多罗夫娜帮穆尔穿好衣服，煮好了咖啡。然后她才发现，冰箱里的牛奶盒子是空的。这都怪列娜奇卡做事没有条理，总是把空盒子往冰箱里塞。时间快到八点了。去谢列梅捷沃机场的出租车订的是八点半的。

安娜·费奥多罗夫娜穿着蓝色的居家服，光脚穿着拖鞋从家里溜出来，跑去奥尔登卡街买牛奶。这一趟绝对用不了十分钟。她起初轻快地一路小跑，但突然放慢了脚步——这个清晨不同寻常：光线雾蒙蒙的，微微发蓝，天空是渐变的色调，宛如一只蓝到极致的大眼睛的虹膜。打理得齐齐整整的小公园里，绿植清新怡人。公园位于舒适的圆顶哀悼者教堂[1]附近，安

1 位于莫斯科奥尔登卡街的一座东正教堂。

娜·费奥多罗夫娜偶尔会顺路造访。她悠闲从容地走着，仿佛并不急着去什么地方。售货员加利娅是一个本地的鞑靼人，一辈子在这里的商店工作。她亲热地跟安娜·费奥多罗夫娜打招呼。十五年前，后者给她的婆婆做过手术。

“索菲亚·艾哈迈多夫娜怎么样了？”

加利娅镶了那么多颗金牙，可笑容依然羞答答的，跟个孩子似的，这真是让人惊讶：

“她彻底聋了，什么都听不见。可眼睛还能瞧见呢！”

安娜·费奥多罗夫娜拿起一盒冰凉的牛奶。再过十五分钟孩子们就要走了，而还要再过两个小时穆尔才会得知他们已经离开。这多半已经是到了帕赫拉才会发生的事了。她想象着穆尔那变得黯淡的眼睛，那低沉沙哑的嗓音拔高成能让玻璃破碎的尖叫，摔成碎片的碗碟，还有最下流、最让人难堪的脏话——女人家特有的那种……她还突然看见了仿佛已发生了的情景：她，安娜，抡起虚弱无力的胳膊，朝那张涂脂抹粉的老脸狠狠地甩了一个美美的耳光……至于在这之后会发生什么，全都无所谓了……

一种美妙的自由感、胜利感和喜悦感在空气中弥漫，光线也明亮到不自然，明亮到灼热的地步。但光线突然消失了。安娜·费奥多罗夫娜没能来得及意识到这一点。她向前倒下了，手里还抓着那盒凉牛奶，轻便的拖鞋从她那强壮的、德国人般结实的脚上滑了下去。

穆尔此时已经在大发脾气了：

“房子里满是游手好闲的人！难道就不能买瓶牛奶来吗？”

她的声音清脆响亮，饱含怒火。

卡佳看了一眼手表：距离出租车抵达还有十五分钟。“妈妈去哪儿了呢？”她摸不着头脑。但她无计可施，只好也跑去买牛奶。

熟识的售货员加利娅在人行道上急得团团转。稀稀拉拉的一群人聚集在商店入口处。那边，在人行道上，躺着一个穿着星星图案的蓝外套的女人。救护车在大约二十分钟后赶到，但已经无济于事了。

卡佳把依旧温凉的盒装牛奶贴在胸口，暗自念叨着：“牛奶，牛奶，牛奶……”——直到人家派她去取母亲的证件。已经快要走到家门时，她又重复着：“证件，证件，证件……”

卡佳在家里赶上了一番大吵大闹。出租车司机按照约定在楼下等他们，等了二十分钟后上楼来问，为什么要去谢列梅捷沃机场的人还不下来。

格里沙像早晨出门散步前的小狗一样，急不可耐地抖动着，幸福地高喊道：

“万岁！我们要去谢列梅捷沃了！”

穆尔扶着小笼子般的金属助行器，摇摇摆摆地来到前厅，猜到了大家想要蒙骗她。咖啡和牛奶都被她忘到脑后。她宣布——使用的措辞就连司机都不是这辈子每天都能听到——没有人要去任何地方，司机可以滚蛋了。这让司机，一个戏剧学院毕业的年轻人，陷入了一种纯粹的职业兴奋中，于是他倚在墙上，欣赏着这出意料之外的好戏。

“那个臭不要脸的娼妇在哪儿？她想糊弄谁呢？”穆尔抬起瘦骨嶙峋的手，她那件贵重的旧和服的袖子垂了下来，露出枯瘦的骨头，如果相信以西结书[1]里的说法的话，那骨头应当能随着时间的推移长出新的肉体。

卡佳走到穆尔面前，抡起虚弱无力的胳膊，朝那张还没涂脂抹粉的老脸狠狠地甩了一个美美的耳光。穆尔在助行器里晃了一晃，然后愣住了，紧紧抓住驾驶台的扶手（在她股骨颈骨折后的十年间，她一直从那里对所有人发号施令），清清楚楚地低声说：

“怎么着？怎么着？反正一切都会如我所愿的……”

卡佳从她身边走过，在厨房里拆开盒子，把牛奶泼到变凉了的咖啡里。

1 《圣经》旧约的一卷书，本卷书共 48 章，记载了先知以西结看到的异象。

大麦米汤

为什么早年的记忆会接连三次牵扯上这大麦米汤呢？汤的颜色是那种珍珠灰，有着接近胡萝卜的粉红渐变色调，还反射着半沉在锅里用来熬汤的圆骨头的珠光色。

傍晚时分，在吃过迟来的晚餐后，妈妈把一些汤倒进一个压瘪了的军用饭盒里，交到我手上。我一个人沿着楼梯从二楼往下走，妈妈则站在门口等着。这幅画面不知为何以一种奇特的视角留在了我的记忆里，从上俯视同时又稍微从侧面旁观：一个大约四岁的小女孩沿着楼梯小心翼翼地往下走，穿着带方格领子的深蓝色法兰绒连衣裙，系着胸口绣着小猫的小白围裙——这种衣服符合我姥姥在革命前的理想，她认为围裙之所以应该是白色的，恰恰是因为深色不显脏。一根又短又粗的小辫子向后塞在脖颈里，让人很不舒服，但我没办法加以整理，因为一只手里拿着装了汤的热饭盒，另一只手则扶着铸铁的栏杆架。

扣好了扣子的便鞋走在磨损的台阶上有点打滑，所以我迈着婴儿般的小滑步，极为小心翼翼。

我下了一段楼梯，转过身，看见妈妈正在门口耐心地等着我，还露出她那种奇妙的微笑，那笑容让她的美貌有点打折扣。

我叹了口气，继续往下走。在楼梯下面的斗室里住着一对乞丐：生着大鼻子、骨瘦如柴的伊万·谢苗诺维奇和一个绰号叫"小贝雷帽"的小老太太。我害怕他们，也嫌弃他们，但在我看来，妈妈不应当知道这一点。

楼梯下面是没有电的，有时候他们会点一盏煤油灯，有时则是漆黑一片。伊万·谢苗诺维奇通常会躺在一张铺着破布的板床上，而"小贝雷帽"则坐在他脚边，穿着破旧的天鹅绒外套，戴一顶灰绿色的针织贝雷帽。

我敲响房门，无人作答，于是我用后背顶开了门。煤油灯照出了"小贝雷帽"，她没戴帽子，我起初都没认出她来。原来她是个秃子，准确地说，没全秃：她的脸上和头上都覆盖着同样稀疏的长毛和许多大颗的灰痣。她凄凉地微笑着，正手忙脚乱地把贝雷帽遮到秃头上：

"哎，孩子，是你呀，我都没听见……"

我把饭盒递给她，从围裙口袋里掏出两块面包，不知为何还说了句"谢谢"。

"小贝雷帽"把汤从饭盒里倒进一只罐子，嘴里含糊不清地嘟囔着什么，像是"肥皂，肥皂"。

她用枯瘦的脏手把饭盒还给了我。老头直咳嗽。"小贝雷帽”朝他喊道：

“伊万·谢苗诺维奇！给您送吃的来了，起来吧！”

他们这儿的气味很难闻。

我如释重负地沿着楼梯往上跑，妈妈站在门洞的灯光下，朝我微笑着。她系着白围裙，胸口甚至还有镶花边的小带子，美得像一位公主。只不过有一点让人难为情：公主似乎都是浅色头发，可妈妈却有着鲜明悦目的黑色鬈发，用两只发夹在脑后扎住，兜了起来……

乞丐在过节前不久消失了，那个节日我记得十分清楚。父亲牵着我的手走遍披上盛装的城市，到处都摆着一些倾斜的红十字形。我那时已经开始能看懂字母了，就问父亲，为什么到处都写着字母“XXX”。他生气地拽了一下我的手，然后才解释说，这些倾斜的红十字形还有数字30的意思[1]。

那天晚上，我已经躺在被窝里了，听到妈妈对父亲说：

“不，我不明白，我也不想明白，他们碍着谁的事儿了……”

“城市要在节日前清理干净……”父亲向她解释说。

在第二个故事里，大麦米汤不是主角，只在背景里低调地闪现了一下。

周日的早上，门铃响了。先响了一声，然后又是一声。我们的房门是走廊里的第一扇。响一声表示找所有人，响两声是找

1　指罗马数字XXX，表示三十。这里是指庆祝十月革命三十周年，即1947年。

我们的，响三声是找茨韦特科夫家……响八声是找科什金家。

“大概是找所有人的吧。”妈妈低声说。她正跪坐在椅子上，用手肘撑着桌子，面前摊着一些表格，上面有些红红蓝蓝和被圈出来的数字。她工作的时候，眉间的两道小皱纹会拧成一棵小树苗的样子。

她从椅子上跳下来走去开门，宽阔聪慧的额头上依然带着努力思考留下的痕迹。

一个肤色黝黑的大个子女人站在门洞里。她身上穿着一件长到拖地的军用披风，粗大的圆脑袋上一道发缝白得耀眼。

妈妈看着她，等着她开口，这个大婶也没辜负期待：她敞开披风，亮出自己硕大的裸体。我被这一幕惊得喘不过气来：她的胸部低垂，乳头大得像茶碟，肚脐眼则有茶杯那么大，还往外突出，也黑乎乎的。一道深深的、不平整的缝线横跨她的腹部，位于一片三角形的破烂毛发之上——所有这一切合起来像是一张形容可怖的巨人脸，而不是女人的身体。

“我们遭了火灾！东西全都烧光了……一干二净……”这女人柔声说，口音不是莫斯科本地的。她掩上衣襟，遮住了自己可怕的身体。

“哎呀，您过来吧，过来吧。”妈妈邀请她，于是这个女人东张西望地进了门。

我们的房子是几家合住的，前厅里堆满了各种大箱子、洗衣盆、柴火和柜子。

“我马上，马上，”妈妈突然忙碌起来，“您请坐吧。”妈妈从一把维也纳式椅子上取下一个匣子，那匣子之前被塞在茨韦特科夫家的大箱子和季先科家的格子架之间。

妈妈冲到房间里，拉出柜子的底层抽屉，坐到抽屉前，开始在旧衣物里挑选，看哪些适合送给遭火灾的人。她把祖父的两双秋裤扔在地板上，跑到厨房，点燃了煤气炉子，在上面放上一口锅，又转身跑回房间里。

那个女人坐在椅子上，正一个劲儿地打量着库德林家的叉状衣架，衣架上挂着一件棉袄和一件军大衣。

而妈妈把衣柜架子上的所有东西都扔了出来，正用手指迅速地翻检着自己的各式衣服。妈妈是个小个子，她的东西也全是小号的，但她还是找到了想找的东西——姥姥的一条风衣呢的裙子，以及一件用发黄了的细麻布做的大号旧式衬衫。

然后妈妈又一次跑到厨房，而我也跟在她身后飞跑起来，因为我害怕跟那个藏在大婶风衣下的巨人单独待在一起。

邻居茨韦特科夫从走廊里探出头来。

“来了遭火灾的人。”妈妈用抱歉的语气对他说，可他马上就把自家的门砰地关上了。

妈妈倒了一大钵子闪着渐变色的大麦米汤，切了一块灰色的面包，端给那个女人。

“来，您该吃点儿东西了。”妈妈对大婶说，大婶接过了钵子。“哎呀，这么吃不方便。”妈妈不安起来，拿来一张报纸。

她把报纸铺在茨韦特科夫家盖着红蓝色毯子的大箱子上，让那女人在旁边坐下，就像坐到餐桌旁一样。

“愿上帝保佑您健康。”那女人说，开始喝汤。

而我则通过没关严实的房门缝隙观察那女人，看她如何懒洋洋地喝着大麦米汤，把面包块扔进汤里，一边无聊地用勺子在钵子里扒拉着，一边左顾右盼。

她没有牙齿。

“看样子，她的牙也被烧掉了。”我心想。我还想到：“她也不喜欢喝大麦米汤。”

而妈妈正将一条三文鱼色、打着很多葱色补丁的丝绸紧身裤塞进一个包袱里，还轻声念叨着，也不知是在对我说还是在自言自语：

“上帝啊，真想不到会这样，竟然光着身子跑到外面来……”

那女人喝完了汤，把钵子放到了地板上……她站起身来，敞开风衣……她这些不声不响的奇怪动作让我移不开眼睛。

终于，妈妈把包袱拖到了走廊里：

“给您。我收拾好了……您穿上吧，穿上吧。我们房间里有个浴室。”妈妈提议。

但那女人拒绝了：

“孩子们还在等着我……还是给我点儿钱吧……”而妈妈已经在往外掏钱了，那是一张叠了四次的三十卢布。“谢谢，您的慈悲心肠我永世不忘。”女人连珠炮似的感谢道，妈妈在她身后关上了门。

随后，妈妈一边收拾扔了一地的东西，一边略带困惑地对我说：

“可她本来可以马上就把裤子穿上的，是不是？”

我没有马上回答，因为我得把某些事情考虑周详，弄个明白。

“裤子穿着比较冷，”我终于想明白了，“还是毯子暖和。”

外面天气晴朗，积雪很深。这样的天气应该带孩子出门散步。

“要不，你自己在小窗子下面散散步？”妈妈斜眼瞟着自己那些表格，用抱歉的语气提议说。

我宽宏大量地同意了。妈妈丢给我一大堆毛料衣服——女式短上衣、针织裤、毛线手套和小袜子。她给我穿好衣服，把一件长毛绒的黄皮袄在我腰间系好（那是姥姥用一条旧披肩缝制的），给我戴上一顶小黄帽（也是用同一条披肩改做的），在下巴下面扣紧，给了我一把铲子和一个小蓝桶，领着我走向楼梯……就在我家门外的地上，乱七八糟地摊着一大堆母亲的东西。那条没人要的可怜紧身裤就放在最上面。

“哎呀，这是怎么回事……”我亲爱的小个子妈妈轻声说。

“我就跟你说嘛，裤子穿着比较冷，还是毯子暖和……”我还在试图跟妈妈把原委解释清楚。

“什么毯子呀？”妈妈终于听到了我说的话。

“就是铺在大箱子上的那条……她把它穿在身上了。”我跟傻乎乎的妈妈解释。

于是妈妈猛地举起双手轻轻一拍，哈哈大笑：

“哎哟，我都干了些什么呀！哎，这下茨韦特科娃非把我杀了不可……”

我的妈妈是位生物化学家。她对这门迷人的玻璃科学的热爱大概源于女性那种根深蒂固的可爱本质，对做饭的热爱也同样源自于此。我小时候是多么喜欢去妈妈的实验室啊，喜欢端详一张张高桌上堆放的装有各色溶液的试管，一支支细长的、长着鸟嘴的滴定管，还有一个个深色的粗瓶子。妈妈摆弄这些闪闪发光的玻璃器皿时是那么从容灵巧……她做饭也做得好极了，既会做各种调味汁，又会做各式馅饼，还有各色奶油甜食……我怎么老是念叨着大麦米汤呢！妈妈并不常做这东西。但那天赶巧做的是大麦米汤……

我脖子上系着一条扎人的围巾，坐在厨房的小板凳上，看妈妈正鼓捣着什么。还有两个女邻居也在各自的桌边忙活着，餐具轻轻作响，刀具叮叮当当。

这时，娜杰日达·伊万诺夫娜走进了厨房。这老妇人很奇怪，全身衣服都打着五颜六色的补丁。她的一只眼睛里长了白内障，也跟一块不合适的补丁似的。她一声不吭地扯住妈妈的衣袖，妈妈则把胡萝卜一扔，迈着小碎步跟在她身后走了，边走边擦手，紧张地问：

“怎么了？怎么了？是尼娜出事了吗？”

尼娜是娜杰日达·伊万诺夫娜的女儿，是个成年的大姑娘，患有严重的心脏病，生着淡蓝贝壳般的指甲，嘴唇发青，用红色的唇膏拙劣地掩饰着。

我本想跟在妈妈身后，可她近乎粗鲁地朝我摆了摆手：

“你在这儿坐着。”

于是我留下来坐着，委屈地挨个儿抚摸那条扎人的围巾的流苏。那两个一时间从家务中抽身出来的女邻居又重新开始敲敲打打，弄出叮叮当当的声音。随后，一个拿着一摞干净盘子走了，另一个去接电话了——电话安在走廊另一头的墙上。

我坐了好一会儿，把流苏全都编到一起，成了一个乱七八糟的小辫儿。

然后妈妈和娜杰日达·伊万诺夫娜就回来了。有什么地方不一样了。她们走得很慢。妈妈搂着对方的肩膀，让她坐到小凳子上。娜杰日达·伊万诺夫娜面庞呆滞，脸色煞白，看上去她仿佛不是一只眼有白内障，而是两只眼都有。她手里还拿着一个装温度计的纸盒。妈妈小声对她说：

“我们马上弄点缬草滴剂……弄点缬草滴剂……娜杰日达·伊万诺夫娜……”

“可要是叫救护车的话，他们就会把她拉走……”娜杰日达·伊万诺夫娜说，依旧呆呆的，面无表情，说的话也牛头不对马嘴，“而我还觉得她睡得挺安详的……”

“马上，马上……我们这就打电话……全都会办好的，娜杰日达·伊万诺夫娜。”妈妈慌忙说，一边把缬草滴剂滴入高脚玻璃杯里，发出响亮的声音。

可那个女邻居还在走廊里对着电话嚷嚷：

“这儿不是你的什么供应部，舒拉，你记好了……让他去写申请，你们从我这儿是弄不到的！”

娜杰日达·伊万诺夫娜推开妈妈递过来的小玻璃杯，用大梦初醒般的表情对她说：

“玛丽娜·鲍里索夫娜，你还是给我倒一盘子汤喝吧……”

妈妈忙活起来，把小凳子从我身下抽走，因为好看的盘子都放在上层架子上，她够不到。她把银白色、带着渐变色调的大麦米汤倒入一只装饰着许多凸面小方格的白陶盘，倒了满满一盘子，放到餐桌边缘。然后她用干净毛巾擦净一只细柄银勺，递给娜杰日达·伊万诺夫娜。

“你也跟我一起吃吧，玛丽娜·鲍里索夫娜。”娜杰日达·伊万诺夫娜请求说，于是妈妈又擦净一只勺子，挪来另一个凳子，坐到这个独眼老妇人身边，把勺子伸向那同一个陶盘。

我心里其实很想告诉这个老妇人，我的好妈妈根本不叫什么玛丽娜，她的名字叫玛丽亚姆。但我什么都说不出来，因为她们正从同一个盘子里喝汤，而且泪水正沿着娜杰日达·伊万诺夫娜的脸往下流，不仅那只看得见的眼睛在流泪，那只生了白内障、死气沉沉的眼睛也在流泪，妈妈的脸上也泪水纵横。

“你的汤做得很好喝，玛丽娜·鲍里索夫娜。”娜杰日达·伊万诺夫娜说，“你往里面放了什么？”

她最后一次舔干净勺子，把它放到盘子一旁。

“谢谢你。我的小女儿可算是把罪受完了。”

……已经很久了，谁都不在了。尼娜、娜杰日达·伊万诺夫娜都不在了。妈妈不在已经有二十年了。而大麦米汤，我从来不做。